KB093095

느티는 아프다

(주)푸른책들은 저소득 가정 아동들의 학습 환경 개선과 학업 능력 발달을 위하여 도서 판매 수익금의 일부를 초록우산 어린이재단에 정기적으로 기부함으로써 배움으로 따뜻해지는 세상을 만들어가고 있습니다.

푸른도서관 13

느티는 아프다

초판 1쇄 / 2006년 3월 25일
초판 4쇄 / 2012년 5월 10일

지은이 / 이용포
펴낸이 / 신형건
펴낸곳 / (주)푸른책들
등록 / 제321-2008-00155호
주소 / 서울특별시 서초구 양재천로7길 16 푸르니빌딩(양재동 115-6) (우)137-891
전화 / 02-581-0334~5 팩스 / 02-582-0648
이메일 / prooni@prooni.com 홈페이지 / www. prooni.com

글 ⓒ 이용포, 2006

ISBN 89-5798-047-4 03810

이 도서의 국립중앙도서관 출판시도서목록(CIP)은 e-CIP홈페이지(http://www.nl.go.kr/ecip)와
국가자료공동목록시스템(http://www.nl.go.kr/kolisnet)에서 이용하실 수 있습니다.
(CIP제어번호: CIP2006000353)

느티는
아프다

이용포 지음

푸른책들

차례

새벽을 깨우는 소리

오늘 아침, 느티는 아프다. 마음이, 마음이 아프다.

안개보다 굵고 이슬비보다 가는 는개가 너브대 마을 위에 뭉개고 앉아 있었다. 그렇잖아도 넙데데할 뿐, 아무런 특징도 없는 마을이 아예 땅 속으로 가라앉을 것만 같았다.

도로 너머 저편 고층 아파트들은 신기루처럼 허공에 둥둥 뜬 채 오히려 또렷했다. 원래는 그 곳도 너브대처럼 넙데데했다. 몇 년 전부터 아파트가 쿨룩쿨룩, 마구 들어서면서 넙데데한 모습은 온데간데없고 지금처럼 변한 것이다. 는개 때문인지 아파트 단지는 삐죽삐죽 뿔이 솟아 있는 괴물처럼 보이기도 했다. 아주 조금씩 야금야금 넙데데한 풍경을 집어삼키는 욕심꾸러기 괴물 말이다.

는개를 뚫고 자전거 한 대가 아파트 쪽에서 너브대로 넘어 오고 있었다. 괴물을 피해 달아나고 있는 것처럼 보였다.

자전거의 바퀴가 너브대의 길 위에 또 하나의 작은 길을 만 들고 있었다. 힘겹게 앞으로 나아가는 작은 길이 위태롭게 흔 들렸다. 도로 건너편에서 뜨뜻미지근한 바람이 불어 와, 자전 거 바퀴가 만든 작은 길 위를 마구 할퀴고 지나갔다.

너브대 길 위에 작은 길을 만들며 달려오고 있는 것은 바로 순호의 자전거였다. 중학교 2학년인 순호는 너브대에서 가장 먼저 일어났다. 신문 배달을 하기 때문이다.

순호가 배달해야 하는 곳은 도로 건너 아파트 단지와 그가 살고 있는 너브대였다. 아파트는 이미 다 돌렸고, 이제 너브대 만 배달하면 끝이었다. 너브대는 열 부 남짓밖에 안 되지만, 힘 은 아파트보다 배로 더 들었다. 아파트와 달리 집들이 띄엄띄 엄 있는 데다 비포장 길도 있어서, 여간 힘든 게 아니었다.

순호가 너브대 배달을 힘들어하는 이유는 너브대라는 동네 자체가 싫었기 때문이다. 너브대에 사는 사람도, 너브대의 풍 경도, 너브대라는 동네 이름조차도 싫었다. 북쪽을 제외한 동 쪽, 서쪽, 남쪽 방향이 모두 벌판으로 툭 트여 넓데데해서 너브 대로 불리는 마을. 너브대로 이사 온 지 1년이 되어 가지만, 도

무지 정이 가지 않았다.

길 건너 아파트에는 같은 반 친구들이 많이 살았는데, 녀석들은 너브대에 사는 순호를 너브대라고 부르며 놀려 댔다. 사는 동네 이름이 너브대인 데다 순호의 얼굴까지 넙데데했으니…….

화산이라도 폭발해서 너브대에 작은 동산이라도 만들어지거나, 하다못해 집채만 한 바윗덩어리라도 서너 개 굴러 와서 밋밋한 풍경에 변화가 생긴다면 그나마 봐 줄 만할 텐데……. 너브대는 정말이지 따분하게 생겨먹은 곳이다.

"누꼬ㅇㅇㅇ!"

매일 아침 들어야 하는 저 괴성 또한 지긋지긋했다.

순호는, 넌더리가 난다는 듯 인상을 찌푸리며 애먼 자전거 페달만 냅다 밟았다.

"삼신 할매 발 아래 똥 싸지른 종내기가 누꼬ㅇㅇㅇ!"

외마디 괴성이 고요한 너브대의 새벽 공기를 가리가리 찢어 발겼다. 사람의 소리라기엔 믿어지지 않을 만큼 날카로웠다. 처음 듣는 사람이라면, 누군가에게 귀를 호되게 잡아당겨진 것 같은 고통을 느낄 만큼 끔찍한 소리였다. 하지만, 너브대 사람 중 그 누구도 놀라는 사람은 없었다. 벌써 일 년째 거의 매일 아침 들어 왔으니까.

매일 거의 비슷한 시간에 소리가 나서, 아침 일찍 시장에 나가야 하는 순호 엄마가 그렇듯 자명종 소리거니 여기는 사람도 있었다. 하지만 대부분은 달콤한 새벽잠을 깨우는 괴물의 발악쯤으로 생각하며 지긋지긋해했다.

"써억 나오니라, 낯짝 좀 보자아아아!"

끔찍한 괴성이 터져 나온 곳은 너브대 마을 입구의 작은 공터였다. 남쪽으로 뚫린 디귿 자 모양으로 네댓 평 남짓한, 쥐똥나무가 자라고 있는 텅 빈 공터에는 낡고 오래된 벤치 하나와 그 벤치에서 두어 걸음 떨어진 곳에 죽어 가는 나무 한 그루가 볼품 없이 서 있었다. 바로 느티였다.

사람들은 느티가 200년쯤 되었으리라고 짐작들 했지만, 정확한 나이는 아무도 몰랐다. 느티 나이 200이면 그리 많은 것도 아니건만, 무슨 까닭에서인지 몇 해 전부터 이파리를 제대로 피워 내지 못했다.

사람들은 느티가 죽어 가는 까닭에 대해 여러 가지 추측을 일삼았다. 사정을 잘 모르는 사람들은 주로 환경오염을 그 원인으로 꼽았다. 아파트 건축 때문이라며 아파트 단지를 향해 공연히 삿대질을 하는 사람도 있었다.

그러나 너브대 토박이들은 느티가 죽어 가는 이유가 그래서만은 아니라고 믿었다. 느티 스스로 목숨을 거두고 있는 거라고 생각했다.

느티는 언제부턴가 '자살 나무' 라는 끔찍한 별명을 얻고 있었다. 그도 그럴 것이, 느티에 목을 매고 자살한 사람이 한둘이 아니었다. 수십 명은 족히 될 것이라는 말도 나돌았다.

사람들이 기억하는 최초의 자살은 100여 년 전이었다. 너브대의 촌장 어른이 머리카락을 짧게 자르라는 일제의 단발령에 반발해 목을 맸던 것이다. 그 사건이 있은 뒤로 사람들은 느티를 촌장 어른 대하듯 깍듯이 대했고, 느티도 예전보다 푸릇푸릇 싱싱했으며 새 가지도 쭉쭉 뻗어 내면서 늠름해 보였다.

그 다음 자살 사건은 그로부터 50여 년 후에 일어났다. 장씨의 고명딸이 정신대에 끌려갔다 임신한 몸으로 간신히 집으로 돌아왔지만 가문의 수치라는 이유로 집에서 쫓겨나자 목을 맸다.

그로부터 몇 해 뒤 또 한 번의 사건이 있었다. 송참판 댁 행랑살이하던 삼석 어멈이 유복자이자 외아들 삼석이 빨치산이 되어 설치더니 송참판댁 어르신을 공개 처형하는 데 앞장 서는 모습을 보고 느티에 목을 맸던 것이다. 그 어르신이 삼석이의 아비이기도 했으니까.

한동안 뜸하던 자살 사건이 다시 일어난 것은 지금으로부터 20여 년 전, 너브대에서 몇 안 되는 대학생 중 한 명이었던 박씨의 외아들이 데모를 하다 잡혀 들어갔다 나와서는 무슨 고초를 겪었는지 정신을 놓고 살다 어느 날 목을 매 버렸다.

그 때쯤 느티는 이미 병색이 완연했다. 아예 싹을 틔우지 못하는 가지들이 많았다.

자살 사건은 그것으로 끝이 아니었다.

8년 전에는 이웃 마을에 살던 절름발이 중학생 하나가 왕따에 시달리다 목을 맸다.

그 사건이 있고 나서 마을 사람들은 느티를 고운 눈길로 보지 않았다. 느티의 잘못도 아니건만 사람 잡아먹는 귀신이 붙었다며 꺼림칙해했던 것이다.

잘라 버려야 한다고 호기 있게 나서는 사람들도 있었으나 정작 느티에 손을 대려고 하지는 않았다. 동티가 날까 두려웠기 때문이다.

느티가 이파리를 제대로 피우지 못하면 그 해 흉년이 든다고 했던가. 적어도 너브대의 경우는 꼭 들어맞았다. 너브대는 최근 몇 년 간 내리 흉년이었다. 전국이 풍년이라고 할 때조차도. 논이고 밭이고 제대로 되는 게 없었다. 그도 그럴 것이 땅가진 사람들이 농사지을 생각보다 땅값 올라가는 데 정신을 팔고 있었으니…….

박씨의 외아들 사건이 있기 전까지만 해도 마을 사람들은 너나 할 것 없이 느티를 소중하게 여겼다. 철없는 아이들이 올라가서 가지라도 꺾으면 불호령을 내렸고, 절에 다니는 사람들 중에는 느티 잎을 따서 느티떡을 해 먹는 사람도 있었다. 제법 먼 데서도 찾아와 아들 낳게 해 달라고 치성을 드리는 사람들도 심심치 않았다.

그러나 지금은 숫제 천덕꾸러기 신세가 되고 말았다. 심지어 땅 주인 공팔봉 씨조차 못마땅하게 여겼다. 지금 당장 누군가 톱으로 잘라 낸다 해도 말리지 않을 것이다.

일 년 전, 그 나무에 갓등 하나를 매달게 되자 아무짝에도 쓸모 없던 나무가 가로등 역할을 하게 되었고, 어설픈 빛으로나마 공터를 밝히게 되었다. 갓등은 밤에 몰래 얌체 주차를 하는 사람들을 감시하기 위해 공팔봉 씨가 달아 놓은 것이다.

고함 소리가 난 곳은, 바로 그 가로등 노릇을 하고 있는 느티 아래였다.

한 줌이나 될까 말까 한 꼬부랑 할멈이 가로등 밑에 서서 동네를 향해 바락바락 악을 쓰고 있었다.

할멈은 공팔봉 씨의 팔순 노모이다. 작은 체구 어디에서 그런 괴성이 나오는지 알 수가 없었다. 할멈의 고함 소리가 얼마나 크고 날카로웠으면, 꺼질 듯 말 듯 연신 가물거리던 가로등이 화들짝 밝아졌을까.

"개가 뜯어 묵어도 시원찮을 종내기드으을……!"

끔찍한 욕설이 아닐 수 없었다. 도대체 무슨 철천지원수가 졌고, 얼마나 큰 잘못을 했으며, 그 어떤 용서받지 못한 짓을 했기에, 개가 뜯어 먹어도 시원치 않을 수 있단 말인가. 마음이 여린 사람들은 아예 귀를 틀어막아야 했다.

할멈의 욕지기가 시작된 지 얼마 지나지 않아 공터에서 가장 가까운 곳에 위치한 공팔봉 씨의 안방 창문이 벌컥 열렸다. 이어, 공팔봉 씨의 두 번째 아내이자 꼬부랑 할멈의 며느리인 단비 엄마가 창문 밖으로 고개를 내밀었다. 마을을 향해 욕설을 퍼붓는 시어머니를 팔짱을 낀 채 내려다보았다. 지긋지긋하다는 표정이다.

공터의 낡은 벤치 위에서 신문지와 비닐을 이불 삼아 뒤집어쓰고 잠들어 있던 노숙자는 할멈의 고함 소리가 그 누구보다 크게 들렸을 터인데, 할멈을 흘깃 한 번 보았을 뿐, 별일 아니라는 듯 다시 잠을 청했다. 그에게 있어 할멈의 고함 소리는 간밤에 지구가 멸망하지 않았음을 확인할 수 있는 소리였으니까.

등대를 지키는 사람을 등대지기라고 하듯이 가로등을 지킨다고 해서 순호의 누나 순심과 다섯 살배기 단비는 그를 가로등지기라고 부른다. 사실, 느티에 매달려 있는 갓등 관리는 그가 도맡아 했다. 간혹 전구가 나가기라도 하면 어딘가에서 전구를 구해 와 손수 갈아 끼우는 것도 그의 일이었다. 누가 시킨

것도 아닌데 말이다. 비둘기가 날아와 갓등 위에 똥이라도 싸면 나무 위로 올라가 똥을 닦아 냈다. 나무를 잘 오르지 못해 매번 무척 애를 먹었다. 가로등지기 입장에서는 비둘기가 숫제 원수처럼 여겨질 법도 했다. 그러나 그는 결코 비둘기를 미워하지 않았다. 비둘기가 갓등 위에 똥을 누고 있는 모습을 뻔히 보면서도 빙그레 웃기만 했다. 비둘기가 떠나면 그제야 느티나무에 올라가 비둘기 똥을 닦고 내려왔다. 어떤 날은 하루에 서너 번이나 비둘기 똥을 닦으러 올라갔다. 한 번에 몰아서 하거나 모른 척 내버려 둘 수도 있건만 매번 수고를 아끼지 않았다. 그 모습을 몇 차례 보게 된 단비가 제일 먼저 가로등지기라고 불렀고, 순심도 따라서 부르게 된 거다.

10대 후반쯤 되었을까, 어찌 보면 10대 중반처럼 앳되어 보이기도 하고, 어찌 보면 20대 중반처럼 보이기도 했다. 아무도 그의 나이를 아는 사람은 없었다. 그 자신조차도 자신의 나이를 몰랐으니까. 구걸을 하며 떠돌기엔 아직 젊은 나이였으나 그는 정신을 놓고 살았다.

여느 부랑자와 달리 그는 결코 구걸을 하는 법이 없었다. 누군가 먹을 것을 주지 않으면 그대로 굶어 죽을 사람이었다.

하지만 공터에 머문 뒤로 굶어 죽을 염려는 하지 않아도 되었다. 욕쟁이 할멈이 과일이며 떡이며 먹을 걸 잔뜩 갖다 주었으니까. 욕쟁이 할멈은 가로등지기가 서낭당을 지켜 준다고 믿고 있었다.

가로등지기가 10여 개월 전에 이 곳에 와서 지금껏 떠나지 않고 머무는 것은 할멈이 주는 음식 때문만은 아니었다. 그의 마음을 사로잡은 소녀가 있었던 것이다. 순심이.

순심이에게 잘 보이고 싶어서 세수는 물론 목욕도 종종 하고, 옷도 깨끗이 입었다. 벤치가 놓여 있는 가로등 주변도 먼지 한 톨 쌓이지 않게 쓸고 또 쓸었다.

그러나 그가 잠든 사이에 버려지는 쓰레기는 가로등지기로서도 어쩔 수 없는 노릇이었다.

밤사이 서낭당 발치에 버려지는 쓰레기 때문에 할멈은 고래고래 소리를 지르는 것이다. 신성하기 이를 데 없는 곳에 쓰레기가 버려져 있으니 도저히 용서할 수 없었으리라.

"이눔들아, 삼신 할매 발치에 똥이 질펀하구마 잠들이 오나 **아아아!**"

괴성을 질러 대는 시어머니를 내려다보고 있던 단비 엄마는 "으이그 지겨워! 으이그!" 몸서리를 치며 창문을 쾅, 닫았다.

잠시 뒤, 단비 엄마의 남편이자 욕쟁이 할멈의 외아들, 공팔봉 씨가 잠옷 바람으로 대문을 열고 나왔다. 단비 엄마에게 밀려 나온 모양이다. 잠이 덜 깬 얼굴에 짜증이 묻어 있었다.

공팔봉 씨는 가로등 발치에 조아리고 앉아 치성을 드리고 있는 노모의 모습을 발견하고는 탄식했다.

"전생에 내가 무신 죄를 지었길래 이래 험한 꼴을 봐야 하능고 모리겠네! 치성을 드릴라 커든 절을 나가든가 교회를 나가지, 지린내가 등천을 하는 가로등 밑에서 이카노 말이다! 십자가들이 천지 사방에 널려 있구만도……."

공팔봉 씨 말마따나 도로 저편의 아파트 단지에만 해도 대여섯 개의 붉은 십자가 네온사인이 는개 사이로 감실거렸다.

오늘 아침, 느티는 마음이 아프다. 다른 날보다 많이 아프다.

기도하는 할멈과
쇠사슬을 채우는 소년

느티는 발치의 할멈을 내려다보고 있었다.

할멈은 느티 발치에 꿇고 앉아 두 손을 싹싹 빌며 괴이한 사설을 주워섬기고 있었다.

삼신 할매 삼신 할매
고마마마 죅이 뿌소
옛날 성깔 우옜능교
성깔대로 해 뿌이소
삼신 할매 발치에다
똥 싸지른 연놈들을

고마마마 쥑이 뿌소

성깔대로 해 뿌이소

"내 손에 잽히기마 해라, 요절을 내 주고 말 기다!"

할멈은 사설을 늘어놓다 말고 새삼 울화가 치미는지 동네를

향해 고함을 질렀다.

그러고는 다시 사설을 늘어놓기 시작했다.

그건 글코 삼신 할매

우예끼나 저래끼나

떡뚜거비 겉은 고추 한 쌍디(쌍둥이)

이 몸 안에 심어 주소

더도 말고 덜도 말고

둘도 말고 셋도 말고

딱 한 쌍디만 심어 주소

이 몸 안에 심어 주소

금이야 옥이야 키울라요

옥이야 금이야 키울라요

삼신 할매 삼신 할매

이 내 소원 들어 주소

"네댓 쌍디 넙죽 안기 주잖을랑가 모리겠다! 그래마 해 주이소! 평생 삼신 할매 은덕 안 잊을라누마요! 아구구, 팔 다리 허리예이!"

할멈은 허리가 아프도록 치성을 드렸으니 소원을 꼭 들어달라고 시위하듯 허리를 콩콩 두드리며 엄부럭을 떨었다.

가로등 발치에서 물러나 집을 향해 두어 걸음 내딛던 할멈은 무슨 생각에서인지 홱, 뒤돌아서서 가로등의 면상을 올려다보았다.

가로등이 놀란 듯 화들짝, 깜빡였다.

"노파심에서 디리는 말씸입니다마는, 함부래 내 소원 무시마소!"

할멈은 손으로 코를 팽, 풀어 던지고서 치맛말기를 말아 쥐었다.

"뒷감당을 할라 커든 할매 맘대로 해 보이소! 오뉴월 복날가이 새끼맹키 불로 까시를라네! 까시르기만 해? 폭폭 삭은 똥물을 끼얹어가 땅크로다 확 밀어 뿔 끼다, 고마!"

할멈은 가로등을 향해 삿대질을 해 가며 한 차례 퍼붓다 말고, 이번에는 곰살가운 몸짓으로 살강댔다.

"우예등고 농사 져 묵고 살라 카마 사내들이 있어야 하는 거 아인교! 부디 노여워 마시고, 이 내 소원 들어 주이소! 부탁합니데이!"

"어무이요, 여서 뭐 하는교!"

공팔봉 씨가 노모 옆으로 다가와 울화통을 터뜨렸다.

"도대체 와 이카는교. 와 새벽마 되마 동네방네 빠락빠락 곰을 질러 대고 야단인교, 와! 노망이 들어도 어느 정도껏 들어야 될 거 아이가!"

"이 영감탱이가 실성을 했나, 와 이카노. 내가 우예 당신 어무이란 말이요. 이팔청춘 새파란 새댁보고 어무이라니! 망칙스러버래이!"

공팔봉 씨는 더 이상 말을 해 봤자 소용 없음을 깨닫고, 노모를 달랑 안아들었다.

"이눔의 영감탱이가 사람 쥑일라 칸대이! 놔라, 이눔아! 놔아라!"

할멈은 마침 신문 배달을 마치고 그 앞을 지나고 있는 순호에게 구원을 요청했다.

"보이소 총각! 내 좀 살리 주소!"

순호는 못 들은 척 외면했다. 늘 있어 왔던 일이니까.

"새벽에 배달 나갈 때 좀 조용히 나가거라."

공팔봉 씨는 애먼 순호에게 역정을 냈다. 잠을 자느라 순호가 언제 배달을 나가는지도 몰랐으나 새벽잠 없는 노모가 순호 때문에 잠을 깨는 것이라고 넘겨짚었던 것이다.

순호는 아무런 대꾸도 없이 공터로 향했다. 공터에 자전거를 세우려는 것이다. 대문 안에도 자전거를 세울 만한 공간이 있었으나, 공팔봉 씨로부터 자전거 때문에 대문의 페인트가 다 벗겨졌다는 잔소리를 듣고 나서는 대문 안에 자전거를 들여 놓지 않았다. 궁리 끝에, 공터의 죽은 느티나무 발치에 쇠줄을 길게 묶어 자전거를 세워 두기로 했다. 그러나 그것도 문제였다. 욕쟁이 할멈이 노발대발했던 것이다. 하지만, 그것만은 결코 양보하지 않았다. 순호는 이사 와서 처음 그 나무를 보았을 때부터 '저 나무는 내 거야.' 하고 속으로 찜을 해 놓지 않았던가.

순호는 나무를 유난히 좋아했다. 어디를 가나 나무를 유심히 보았다. 그리고 한 번만 보아도 그것이 무슨 나무인지 알아맞힐 수 있었다. 심지어 겨울에 이파리를 다 떨어뜨린 나무들도 척 보면, 무슨 나무인지 알았다. 그러나 아무도 순호의 그런 능력을 알지 못했다. 학교 친구들은 물론이고, 그들 가족조차도.

내성적인 성격 탓에 변변한 친구 하나 없이 늘 외톨이인 순호에게 나무는 매우 훌륭한 친구였다. 그래서인지 순호는 어딜 가나 친구 나무를 만들었다. 너브대로 이사 오기 전에 살았던 곳에도, 전학 오기 전의 학교에도 친구 나무가 있었다.

물론, 지금 다니는 학교에도 친구 나무가 있다. 화장실 뒤에 홀로 서 있는 단풍나무. 운동장에는 훨씬 크고 멋있는 나무들도 많았으나 순호는 그 단풍나무가 마음에 들었다. 무엇보다 아이들의 발길이 거의 없는 곳이어서 좋았다. 화장실 냄새가 조금 나기는 했지만, 그 정도는 아무런 문제도 되지 않았다. 순호는 쉬는 시간마다 소변이 마렵든 마렵지 않든 화장실에 가는 것처럼 나가서 그 나무 곁에 서 있다 오곤 했다.

공터의 느티나무도, 집에서 가까운 데다 사람들의 눈길이 별로 닿지 않아 마음에 쏙 들었다. 그러나 방해꾼이 있었다. 바로 욕쟁이 할멈이었다. 욕쟁이 할멈은 가로등으로 쓰이고 있는 느티를 신줏단지처럼 모셨다. 순호가 이 곳으로 이사 오던 날, 친구 나무로 찜한 기념으로 나무 위로 올라갔다가 욕쟁이 할멈에게 온갖 저주의 말을 듣고서 내려와야 했다.

자전거를 보관하기 위해 쇠사슬을 묶었을 때에도 욕쟁이 할멈의 저주는 대단했다. 순호는 은근히 부아가 났다. 얼마든지 다른 곳에 세울 자리야 많았지만 고집스럽게 나무 발치를 이용했다. 굵고 긴 쇠사슬을 구해 와 자전거를 묶어 두었다. 그것은 이 나무는 내 거니까 아무도 손댈 수 없다는 표시이기도 했다. 나무는 졸지에 죄수처럼 쇠고랑을 찬 꼴이 되고 말았다.

쇠고랑만 찬 것이 아니었다. 이 곳은 개인 사유지이니 주인의 허락 없이 출입을 할 시에는 그에 상응하는 법적 책임을 물을 것이라는 경고문이 붉은 글씨로 쓰인 양철 팻말이 어른 눈높이쯤에 멋대가리 없이 걸려 있었다. 물론 공팔봉 씨의 작품이었다.

갓등에, 팻말에, 쇠고랑까지 치렁치렁 매달고서 느티는 이래저래 수난이었다.

순호는 기필코 느티를 자신의 나무로 만들고 싶었다. 분명한 것은 시간이 그의 편이라는 사실이었다. 순호는 젊고, 할머니는 늙었으니까. 쇠고랑을 걸어 놓고 조용히 기다리기만 하면 된다. 공팔봉 씨의 공갈은 한 쪽 귀로 듣고 흘려 버리면 그만이고.

그런데 또다른 방해꾼이 나타났다. 바로 가로등지기였다.

순호는 처음 보는 순간부터 가로등지기가 마음에 들지 않았다. 그 까닭을 말하라면, '실패한 사람처럼 보여서.' 라고 말했을 것이다. 순호의 눈에 가로등지기는 실패한 사람으로밖에 보이지 않았다.

순호는 성공하고 싶었다. 아빠처럼 패배자가 되고 싶지 않았다. 순호는 아빠가 싫었다. 패배자였기 때문에.

가로등지기는 아버지보다 더한 패배자로 보였다. 그런 패배자가 집 앞에 머물고 있다는 것 자체가 몹시 불쾌했다.

순호에게 있어, 패배자인가 아닌가를 가늠하는 가장 주요한 잣대는 경제적 능력이다. 아버지가 만약 노름을 해서 큰 돈을 벌게 된다면, 순호의 잣대에 의하면, 아버지도 결코 패배자는 아니었다. 순호는 아버지가 노름을 하는 것 자체가 싫기도 했지만, 노름을 해서 돈을 잃기만 한다는 사실이 싫었다. 아버지는 늘 잃기만 했고, 늘 가난했다. 순호가 본 패배자 중에, 가장 지독한 패배자였다.

그런 아버지보다 더한 패배자가 가로등지기였다. 순호에게 가로등지기는 이 세상에 있어야 할 이유가 전혀 없는, 쓸모 없는 존재처럼 여겨졌다.

그런 가로등지기가 가끔은, 아주 가끔은 부럽기도 했다. 자유로웠으니까. 어디에도 얽매이지 않고 이 세상을 방랑할 수 있다는 건 참 부러웠다.

순호는 자전거를 가로등 발치에 묶으며 벤치 위에 누워 있는 가로등지기를 곁눈질로 흘깃 쳐다보았다. 가로등지기도 마침 고개를 들어 잠이 묻어 있는 눈으로 순호를 보았다. 아주 잠깐 두 사람의 눈길이 마주쳤다. 가로등지기는 잠결이지만 반갑다는 듯, 빙그레 웃어 보였다. 그러나 순호는 얼른 시선을 외면하고 못 본 척했다. 그래도 반가운 건 어쩔 수 없다는 듯, 가로등지기는 빙그레 웃음을 머금은 채 잠을 청했다. 순호의 눈에는 바보처럼 보일 뿐이었다.

어떤 이유에서인지는 알 수 없으나, 가로등지기는 순호를 좋아했다. 순호도 그 사실을 잘 알고 있었다. 그래서 더욱 싫었다. 혹시 가까이 다가와 몸이라도 스치게 될까 봐 두려울 뿐이었다.

순호는 종종 배달하고 남은 두세 부의 신문을 가로등 발치에 버리곤 했다. 가로등지기는 그것을 순호가 자기에게 주는 선물이라고 생각했다.

신문지는 가로등지기에게 여러 가지로 쓸모가 많았다. 이불, 베개, 부채, 우산, 양산, 모자…….

또한 가로등지기는 신문지를 적당한 크기로 잘라 종이학을 만들곤 했다. 가끔 비행기나 배를 만들기도 했지만, 즐겨 만드는 것은 주로 학이었다. 손톱처럼 작은 것에서부터 밀짚모자만큼 큰 것까지 크기도 다양했다. 기분이 아주 좋을 때는 그 학들을 나뭇가지에 매달아 놓기도 했다.

그리고 가끔은 만들어 놓은 종이학들을 하나하나 정성껏 태웠다. 그것들을 태울 때면 마치 의식이라도 치르듯 자못 진지한 표정이었다. 주로 모두가 잠든 깊은 밤에 의식을 치렀기 때문에 그 광경을 목격한 사람은 거의 없었다. 그 모습을 직접 목격한 사람이 있다면 순호가 유일했다. 처음에는 불장난을 하는 줄 알았다. 그러나 장난기는 전혀 없어 보였다. 한 쪽 무릎은 세우고 한 쪽 무릎은 땅에 대고 앉아서 작은 모닥불 위에 한 마리 한 마리 종이학을 태우는 모습은 상주나 스님이 영정 앞에 앉아 향을 사르는 것 같기도 하고, 사제나 목사님이 십자가 앞에서 기도를 올리는 것 같기도 했다. 순호는 그 모습을 보며 가로등지기가 단순한 노숙자가 아니라 미친 사람이 틀림없다고 생각했다.

순호는 자전거를 쇠사슬로 묶고 나서 문득, 가로등을 올려다보았다. 가로등이 자기를 깔보는 듯했다. 기분 나빴다. 발치에 침을 퉤, 뱉었다. 어쩔 테야, 하는 표정으로 가로등을 똑바로 쳐다보았다.

가로등지기가 나타나기 전에는 배달을 나가기 전에 항상 이곳에서 소변을 보았다. 거름이 되리라 믿으며.

그러나 그것이 욕쟁이 할멈의 화를 돋우었고, 동네를 향해 고함을 지르게 만드는 원인이 되었다. 나무에 거름도 주고, 미운 욕쟁이 할멈 화나게 하고, 게다가 공팔봉 씨를 열 받게 할 수 있으니 그야말로, 꿩 먹고 알 먹고, 일석이조, 아니 일석삼조였다.

신나는 복수였다. 오줌이 마려워도 새벽까지 꾹 참았다가 나무 아래 눌 만큼 재미가 있었다.

그런데 가로등지기가 나타나면서 신나는 복수도 끝이었다. 더 이상 소변을 볼 수 없었던 것이다. 느티에서 두어 걸음도 떨어지지 않은 벤치에서 사람이 자고 있는데 어떻게 오줌을 누겠는가.

궁리 끝에 작전을 바꾸었다. 휴지를 버리기로 한 것이다.

오늘 새벽에만 해도 배달 나가기 전에, 안장에 묻은 먼지를 닦아 낸 휴지와 이 곳에 버리기 위해 주머니에 넣고 다니던 코푼 휴지를 느티 발치에 버렸다.

예상대로, 효과는 만점이었다. 욕쟁이 할머니가 노발대발했으니까.

순호는 공터를 빠져 나가다 말고 다시 돌아와 가로등지기를 보았다.

'할까 말까…….'

그토록 벼르고 벼르던 일을 오늘은 기어이 저지르고 싶었다. 그러나 오늘도 역시 용기가 나지 않았다. 잠시 그대로 서서, 가로등지기와 느티를 번갈아 노려보았다.

마려웠다. 당장이라도 나올 것만 같았다.

용기를 내어 걸음을 내딛었다. 곧 느티 발치에 다다랐다. 가슴이 쿵쾅쿵쾅 뛰었다. 떨리는 손길로 바지의 지퍼를 내리고 느티 발치를 향해 조준을 했다. 당장이라도 나올 것 같던 오줌은 좀처럼 나오지 않았다.

쏴아아아!

드디어 오줌 줄기가 느티 발치를 쏘아 댔다. 소리가 생각보
다 커서 깜짝 놀랐다. 가로등지기를 보았다. 움찔 움직였으나
잠을 깬 것 같지는 않았다. 계속해서 오줌을 누었다.

오줌을 다 누고 바지를 올릴 때, 얼마나 통쾌하든지, 속이 다
후련했다.

가로등지기의 동정을 살폈다. 여전히 눈을 감고 있었다. 그
런데 가로등지기의 가슴에서 무언가 꿈틀거리는 게 언뜻 보였
다. 예전에도 언뜻 가로등지기의 가슴에 무언가가 꿈틀거리는
걸 본 적이 있었다.

저게 뭐지? 궁금했다. 마음 같아서는 무엇을 품고 있는지 확
인해 보고 싶었다.

그 때였다.

"가르르릉!"

강아지가 낯선 사람을 보고 경계할 때 내는 소리가 아주 작
게 들리는 듯했다. 아니 들렸다.

다음 순간,

"나빴어! 나빴어! 이따만큼 나빴어!"

생쥐 소리만큼이나 작고 가냘픈 소리였다. 소리가 난 곳은

분명, 가로등지기의 가슴께였다. 왠지 가로등지기의 가슴에서 에이리언이라도 불쑥 튀어나올 것만 같았다.

온몸에 소름이 돋았다.

순호는, 걸음아 날 살려라, 뛰지도 못하고, 종종걸음으로 달아났다.

벤치 위에서 잠을 자던 가로등지기는 주먹으로 자신의 가슴께를 퍽, 후려치고는 두 팔로 가슴을 감싸듯이 웅크리고 다시 잠을 청했다.

느티는 이 모든 광경을 말없이 내려다보며 깊은 명상에 잠겨 있었다. 아침 햇살이 느티의 어깨 위에 소복소복 내려와 쌓이기 시작했다.

반지하의 아침 햇살은
칼날처럼 날카롭다

순호가 집으로 들어서자 안방에서 엄마의 욕설 섞인 잔소리가 들려 왔다.

너브대에서 둘째가라면 서러워할 욕쟁이 두 명이 있는데, 그 중 한 사람은 새벽마다 동네를 향해 괴성을 질러 대는 공팔봉 씨의 노모이고, 다른 한 사람은 바로 순호 엄마다. 너브대에서는 다들 순호 엄마를 욕쟁이 아줌마라고 불렀다. 욕쟁이 할멈과 엄마가 한 집에 살아서 동네 사람들은 욕쟁이네라고 싸잡아 부르곤 했다.

"풍을 맞아 거꾸러질! 참말로 짠해 죽겠네, 짠해 죽겠어!"

순호 엄마는 모로 누워 궁색하게 옹크려 잠든 남편을 홀홀

타넘어 다니며 이불을 개어 장롱 안에 넣고 있었다. 바쁜 손놀림에 장단이라도 맞추듯 입으로는 연신 구시렁구시렁.

"벌써 배달 다 돌았냐?"

순호 엄마는 현관문을 들어서는 아들을 발견하고, 오만상을 찌푸리고 있던 인상을 활짝 폈다.

"에그, 기특한 내 새끼! 순호 땀시 산다. 장한 내 새끼! 신문 배달하랴 공부하랴 을매나 힘드냐. 넘들은 부모 잘 만나서 과외다 학원이다, 공부에만 신경 쓴다는디, 못난 부모 만내 갖고……."

손바닥으로 콧물을 훔쳐 내고,

"공부 열심히 해서, 이 담에 반듯하니 대학에 척, 달라붙기만 해라! 사거리 한복판에 나가서 덩실덩실 춤을 춰 불란게! 순호야, 열심히 허자. 허다 보면 존 날도 오잖겄냐. 에미가 뼈골이 뽀사지는 한이 있어두 심 닿는 디꺼정 밀어 줄 팅게 열심히 혀야 쓴다잉?"

"오, 옴마!"

순심이 잠옷 바람으로 방문을 발칵 열어 젖히고 뛰어나왔다. 잠옷 사이로 움파같이 희고 통통한 젖가슴이 무심하게 반쯤 드러나 보였다. 학교에 다녔다면 고등학교 1, 2학년이니, 한참 멋도 부리고 부끄러움도 많을 나이건만, 순심은 초등 학교

1, 2학년처럼 행동했다.

"나, 나두 갈래!"

"따라가긴 워딜 따라가, 이 웬수야!"

순호 엄마는 다짜고짜 순심의 머리를 쥐어박았다. 순심의 단발머리가 찰랑, 춤을 추었다.

"잠이나 잘 것이지 꼭두새벽부팀 뭣 하러 인나서 깝쳐쌌냐, 깝쳐쌌길!"

"오, 옴마 따라 시, 시장 갈래!"

며칠 전, 한사코 따라 나서겠다고 떼를 쓰다 등이 벌겋게 부어오르도록 맞았건만, 벌써 까맣게 잊은 모양이다.

"망할 것이 식전부터 와 사람 복장을 까뒤집어 놓고 이러까이! 정신도 온전찮은 반푼이 주제에 워딜 따라 나서, 워딜!"

허구한 날, 순호 엄마는 순심이만 보면 잡아먹지 못해 으르렁거렸고, 순심은 그렇게 맞으면서도 기를 쓰고 엄마의 치맛자락을 맴돌며 떨어지지 않았다.

순호는 모녀의 실랑이를 더 이상 듣기 민망해서 욕실로 들어갔다. 욕실 창문으로 햇살 한 줄기가 칼날처럼 시퍼런 날을 세운 채 욕실을 대각선으로 잘라 놓았다. 순호는 그 햇살을 향해 손을 내밀었다. 햇살은 손을 벨 것처럼 푸르스름한 살기를 내뿜었다. 밖에서는 순호의 마음을 콕콕 찌르는 듯한 엄마의 악담이 들려 왔다.

"남들은 저 나이면 회사 갱리(경리)라두 해가꾸설랑 착착 곗돈도 붓고 그런다는디, 워쩌자고 집구석에서 밥이나 축내고 앉았다냐. 으이그, 저 웬수! 눈에 띄지나 말면 없는갑다 하고 살겠구만, 워째 눈앞에 알짱거림서 사램 복장을 까뒤집냔 말시! 숯뎅이가 다 되아 분 에미 속을 그예 다 파 묵어야 속이 시원하것냐! 나가 얼렁 죽어야 이 꼴 저 꼴 안 보제!"

금방이라도 닭똥 같은 눈물이 흘러내릴 듯 순심의 커다란 눈망울에 물기가 고였다.

"나 시장 안 갈래! 방구석에 처박혀 있을래! 엄마 죽지 마!"

행여 당장이라도 엄마가 죽으면 어쩌나 싶었는지 순심은 방으로 뛰어들어갔다.

손바닥만 한 창문으로 햇살 한 줄기가 쏟아져 들어와 순심의 방문에 꽂혔다.

"망할……."

딸을 향한 것인지, 자신을 향한 것인지, 아니면 세상을 향한 것인지, 그 대상을 알 수 없는 욕설을 끝으로 감정을 갈무리한 뒤, 순호 엄마는 시내 장터로 가기 위해 밖으로 나갔다.

순호는 날이 차건만, 차가운 물로 세수를 했다. 세수를 한다기보다 어푸어푸, 물을 마구 얼굴에 끼얹었다. 창문으로 비쳐

든 아침 햇살은 무슨 말로 위로해야 할지 몰라 하며 순호의 등
뒤에서 어색한 자세로 불편하게 서 있었다.

가로등지기와
인형 눈을 달아 주는 소녀

아침 햇살을 어깨에 드리운 채, 느티는 꾸벅꾸벅 졸고 있었다.

느티가 졸고 있는 사이 이파리 하나가 나뭇가지를 막 떠나고 있었다.

아침이 되자 는개는 말끔히 걷히고, 하늘은 맑게 개었다. 공터의 가로등 발치와 벤치 위에 도타운 햇살이 쌓여 가기 시작했다.

순호는 학교에 가기 위해 집을 나서다가 공터 안을 흘낏 쳐다보았다. 가로등지기는 여태 잠들어 있었다.

저렇게 게으르니 구걸밖에 더 하겠어. 한심한 인생.

시계를 보았다. 서둘러야 할 것 같았다. 학교로 향하면서, 오늘은 제발 수업 시간에 졸지 않게 되기를 빌었다.

어디에서 날아왔는지 단풍잎 하나가 벤치 위에 잠들어 있던 가로등지기의 얼굴 위로 떨어졌다. 그 바람에 그는 잠에서 깨어났다. 아직 동사할 만큼 추운 날씨는 아니었다고 해도 한뎃잠을 자기엔 만만치 않았을 텐데, 얼굴이 다소 푸석하긴 했으나 달게 잘 잔 표정이었다.

가로등지기는 벤치에 누운 채 나뭇가지 사이로 보이는 파란 하늘을 몽롱한 시선으로 올려다보았다. 나무 위로 참새 떼가 짹짹거리며 수다스럽게 날아다녔다.

"왈! 왈! 어유, 시끄러! 참새들 때문에 잠을 잘 수가 없잖아! 왈! 왈!"

가로등지기의 품 속에서 생뚱맞은 무언가가 불쑥 고개를 내밀고, 들릴 듯 말 듯 가냘프고 앳된 목소리로 투덜거렸다.

그것은 인형을 장갑처럼 끼고서, 입술을 움직이지 않고 목소리를 내어, 마치 인형이 말을 하는 것과 같은 효과를 내게 하는 복화술 인형이었다. 인형은 입이 커다란 고양이다. 생긴 모습은 고양이인데 강아지처럼 왈! 왈! 짖어 댔다.

가로등지기는 언제나 고양이 인형을 품에 지니고 다녔다. 인형은 가로등지기의 가슴 부위에 숨어 있다가 고개를 쏙 내밀곤 했다. 물론 가로등지기의 손에 의해 움직였다. 가로등지기는 언제나 윗옷 주머니에 손을 넣고 다녔고, 오른손은 인형에 끼우고 있었다. 잠을 자거나 길을 걸을 때, 그의 손은 언제나 주머니 속에 있었다. 가끔 두 손을 주머니에서 꺼내야 하는 때도 있었지만, 인형이 바닥으로 떨어질 염려는 없었다. 끈으로 인형과 옷을 묶어 놓았으니까.

한 가지 특이한 점은, 인형은 몹시 수다스러웠으나 정작 가로등지기 자신은 결코 말을 하지 않는다는 사실이었다. 인형을 통해 자신의 감정이나 생각을 표현한다고 볼 수 있겠는데, 사정을 알고 보면 그것도 아니었다. 왜냐하면 인형과 가로등지기의 감정이나 생각이 서로 일치하지 않았고, 심지어는 의견 대립으로 다투는 일까지 있었으니 말이다.

인형과 가로등지기는 서로 전혀 별개의 감정과 생각을 가진 것처럼 행동했다.

가로등지기의 복화술은 워낙 완벽해서 가로등지기의 입에서 목소리가 나온다는 걸 아무도 눈치채지 못했다. 그러나 그 인형은 분명, 살아 있는 생명이 아니라 가로등지기의 복화술을 통해서만 목소리를 가질 수 있는 인형에 불과했다.

참새들 때문에 잠을 잘 수 없다는 인형의 불평과는 달리, 가로등지기는 더 바랄 게 없다는 듯 느긋하고 만족한 표정이었다. 가로등지기는 일어나기 싫은지 그대로 벤치에 누워 있다가 나른한 잠 속으로 스르르, 빠져들었다.

그런 그가 깬 것은 그로부터 두어 시간이 지난 뒤였다. 꾸벅꾸벅 졸고 있던 느티가 잠에서 깨어난 것도 그 때였다. 한 손엔 종말을 경고하는 팻말을 들고, 다른 한 손엔 두꺼운 성경책을 든 40대 중반의 한 전도사가 나타났던 것이다.

"예슈 믿으세요, 예슈! 예슈 믿으면 영생을! 믿지 않으면 영원한 지옥의 고통을! 죄진 자들아, 들으라! 심판의 날이 가까웠느니! 예슈 믿으세요, 예슈!"

두부 장수가 '두부 사세요, 두부!' 를 외치는 것처럼 그 목소리엔 호소가 담겨 있었으나 두부 장수와 달리 다분히 공갈 협박조였다.

"세상의 종말이 눈앞에 닥쳐왔슈미다! 심판의 그 날이 임박했슈미다! 지옥의 고통을 겪고 싶지 않다면, 구원받고 싶다면, 우리 주 예슈를 믿어야 합니다! 예슈 믿으세요, 예슈!"

"가르르릉! 왈! 왈! 왈!"

인형이 전도사를 향해 성난 강아지처럼 짖어 댔다.

나른한 단잠 속에 빠져 있던 가로등지기는 그제야 부스스 일어나 앉았다. 입이 찢어지도록 하품을 하며 기지개를 켜던 그가 무언가를 발견했는지 동작을 뚝, 멈추었다.

가로등지기의 시선이 머문 곳은, 공팔봉 씨의 집 대문 앞이었다. 대문 앞에는 한 소녀가 앉아 있었다. 순호의 누나 순심이.

가로등지기는 순심에게 행여 들킬세라, 찢어 벌렸던 입을 얌전히 닫아 수습하고, 공중으로 뻗어 올렸던 두 팔은 무릎 위에 얌전히 올려놓았다. 두터운 겨울 외투의 옷매무새를 단정히 하고, 손으로 머리를 손질했다. 이불 삼아 덮고 잤던 신문지와 비닐도 정성스레 차곡차곡 접어 벤치 밑에 넣어 두었다.

가로등지기는 순심의 시선을 의식하며 자신의 일거수일투족을 건사했다. 그러나 정작 순심은 자신의 일에 몰두해 있느라 가로등지기에겐 눈길조차 주지 않았다.

"인형 눈이나 달아 주는 여자를 좋아하다니!"

순심을 넋 놓고 바라보는 가로등지기를 한심하다는 듯 바라보던 인형이 쫑알거렸다.

가로등지기는 행여 순심의 귀에 들리기라도 할까 봐 깜짝 놀라, 왼손으로 인형의 입을 틀어막았다.

"어디 좋아할 여자가 없어서 맛이 살짝 간 애를 좋아하냐!"

인형은 틀어 막힌 입을 기어이 벌리고서 기를 쓰고 할 말을 다 했다.

가로등지기는 화가 난 듯 인형을 향해 주먹을 휘두르며 경고했다. 한 번만 더 쫑알거리면 요절을 내 줄 테다, 하는 뜻이었다.

"세상에, 정신박약아를 좋아하다니……"

인형의 말에 더 이상 참을 수 없었는지 가로등지기는 주먹으로 인형을 퍽, 때렸다.

"왜 때려! 내가 틀린 말했어! 아저씨가 저 여자 좋아하는 거 사실이잖아. 눈이 있으면 잘 봐. 세상에 저렇게 못생긴 여자가 어디 있어! 머리 스타일은 저게 뭐야!"

가로등지기는 인형이 아니라 진짜 고양이였다면 죽어 쓰러질 만큼 두드려 패기 시작했다. 그것으로도 성이 차지 않았는지 이빨로 인형의 코를 깨물기까지 했다.

"으으!"

비명을 지른 것은 인형이 아니라 가로등지기였다. 가로등지기가 사정없이 물어뜯은 것은 인형이기도 했지만, 그 속에 있던 자신의 손이기도 했던 것이다. 깜빡 잊은 모양이었다.

한편, 순심은 대문 앞에 쪼그리고 앉아 주먹만 한 싸구려 인형에 눈을 붙여 주고 있었다.

집에서 마냥 놀기만 하는 순심에게 엄마가 찾아 준 일감이었다. 처음에는 인형 눈알을 배꼽이나 뒤통수에 붙이는가 하면, 옳게 붙였다 해도 그나마 그 인형을 하도 조몰락거리는 통에 손때가 묻어 쓸모가 없게 만들기 일쑤였다.

그러나 엄마의 모진 구박과 손찌검 덕분에 한 달쯤 지나자 하루 두어 개 정도는 인형의 눈을 달아 줄 수 있었고, 일 년이 지난 요즘엔 하루 쉰 개가량은 거뜬히 해치웠다.

한 달 내내 해 봐야 만 원 남짓 벌이가 고작이었으나 순심은 그 일에 매우 열심이었다. 그렇게 재미있을 수가 없었다.

순심은 매우 느리고 굼뜨지만, 정성스레 인형의 눈을 달아 주었다. 마치 인형에게 진짜 눈을 달아 주기라도 하는 것처럼 더할 나위 없이 진지했다.

눈을 달아 주고 난 뒤에는 뿌듯하고 즐거운 듯, 소리없이 웃었다. 순심은 완성된 인형을 한참 동안 쓰다듬어 주며 귓속말로 무언가를 속삭이곤 했다. 그렇게 한 뒤에야, 인형을 소쿠리 안에 얌전히 넣어 주었다.

가로등지기는 그런 순심의 모습에 반한 듯 넋을 놓고 바라보았다. 가로등지기의 눈에 순심은 세상에서 가장 아름다운 여자였다. 아직까지 말 한번 걸어 보지 못했지만, 저렇게 아름답고 예쁜 여자는 지금껏 본 적이 없었다.

가로등지기는 순심의 눈길을 끌려는지 핫둘! 핫둘! 구호까지 붙여 가며 맨손 체조를 시작했다. 그러나 순심은 여전히 인형에게 눈을 달아 주는 일에 몰두해 있을 뿐이었다.

느티는 그런 순심을 의식하며 열심히 맨손 체조를 하고 있는 가로등지기를 말없이 내려다보았다.

너브대 잠충이

"선생님이 부르셔! 일어나라고, 너브대 잠충아!"

순호는 침까지 흘리면서 자다가 옆에 앉은 친구가 옆구리를 쿡, 지르는 바람에 하마터면 의자에서 굴러 떨어질 뻔하며 벌떡 일어났다.

아이들이 킥킥 웃어 대는 소리가 들려 왔다.

송이 쪽을 흘낏 보았다. 그 아이도 피식 웃고 있었다. 창피했다. 그리고 속상했다. 수학 담당이자 담임 선생님 수업이었기에 잠을 자지 않으려고 그토록 애를 썼건만 또 졸다니…….

"하루 종일 잠만 자다 집으로 갈 셈이냐?"

선생님은 어떻게 해야 할지 모르겠다는 표정으로 이 쪽을 바라보며 말했다.

"순호야, 내 수업이 그렇게 졸리냐?"

'그게 아닌데……'

"선생님! 쟤, 신문 배달하느라 잠을 못 자서 그래요."

반장이 나섰다. 그런 반장이 얄미웠다. 모든 아이들 앞에서 신문 배달한다는 사실을 떠벌리다니! 게다가 송이 앞에서!

"그렇다고 이렇게 졸면 어떡해. 학교에 자러 온 건 아니잖아. 내년이면 중 삼이 될 텐데, 어쩌려고 그러냐! 웬만하면 신문 배달 그만둬라. 네가 벌지 않는다고 굶을 정도는 아니잖아."

수업이 계속되었다.

순호는 고개를 떨어뜨린 채 교과서의 루트 기호를 뚫어져라 노려보았다. 그리고 그 루트 기호에게 변명을 늘어놓으며 분통을 터트렸다.

'신문 배달을 그만두라고? 누구는 뭐, 하고 싶어서 하나. 가난한 집에 태어났는데 어쩌란 말이야. 아버지처럼 빈둥빈둥 놀고먹으라고? 난 그러고 싶지 않아. 난 실패한 사람이 되고 싶지 않다고.'

순호는 샤프로 애먼 루트 기호를 쿡쿡 찔러 댔다.

'그래, 굶을 정도는 아니야. 밥은 먹고 살지. 그러니까 만족

하라고? 그렇게는 못 해. 나도 다른 친구들처럼 카메라 폰도 가지고 싶고 엠피스리 플레이어도 갖고 싶어. 그래서 신문 배달하는 거야. 엄마한테 사 달라고 할 수는 없잖아. 나는 그런 거 가지고 싶어하면 안 되는 거야. 왜? 왜, 그래야 되는데! 왜?'

순호의 날카로운 샤프는 또다른 루트 기호를 찾아 공격을 감행했다.

'내가 좋아하는 송이는 날 좋아하지 않아. 반장을 좋아하지. 반장은 부자야. 당연히 공부도 잘하고. 내가 송이를 차지할 수 있는 방법은 없어. 부자가 되기 전에는 말이야. 그래서 난 부자가 되기로 결심했어. 나중에 내 자식을 위해서라도 반드시 부자가 될 거야. 가난을 물려줄 수는 없잖아.'

순호의 샤프는 루트 기호에 대한 공격을 멈추고 동그라미 기호를 찾아 그 안에 스마일 기호를 그려 넣었다.

'부자가 되어서 송이에게 찾아갈 거야. 더 예쁜 여자를 데리고 말이야. 송이 너 옛날에 날 무시했지. 내가 널 좋아한다는 거 알면서 어떻게 다른 아이들이 웃는다고 너도 따라 웃을 수가 있어. 그 때 넌 실수한 거야. 그 때 송이 네가 날 좋아했더라면, 넌 큰 부자의 아내가 될 뻔했는데 말이야. 안됐다. 빠이, 빠이! 약을 올려 줄 테야.'

"야! 너브대 잠충이!"

옆에 있던 아이가 순호의 팔을 툭, 치는 바람에 스마일 기호에 금이 죽, 그어졌다.

선생님이 싸늘한 표정으로 순호와 순호의 낙서를 보고 있었다. 순호는 얼른 지우개로 낙서를 지웠다. 낙서는 잘 지워지지 않았다. 너무 서둘렀는지 책이 찢어졌다. 등이 따끔거렸다. 송이가 한심하다는 듯 이 쪽을 보고 비웃는 것만 같았다.

야단을 칠 줄 알았던 선생님은 한숨을 가볍게 몰아쉰 뒤 수업을 계속했다.

너브대 잠충이! 정말 듣기 싫은 별명이다. 처음에는 너브대에 살고 순호의 얼굴이 너브데데해서 너브대라고만 했지만, 하도 조는 바람에 곧 너브대 잠충이가 되고 말았다.

그 생각이 떠오르자 다시 화가 치밀어올랐다. 새삼 지은 죄도 없이 가난한 집에 태어나 벌을 받듯이 힘겹게 살아야 한다는 사실이 억울했다. 가난한 엄마 아빠가 싫었다. 가난한 동네 너브대가 싫었다.

공부는 잘하지 못해도 지금껏 부모님과 선생님으로부터 말도 잘 듣고 착하다는 칭찬을 항상 들어 왔다. 그래서 순호 자신도 순종적이고 착해야 한다고 생각하고, 또 그렇게 행동하려고 애를 썼다. 그러나 요즘 들어서는 그런 칭찬이 듣고 싶지 않았다. 순종적이고 착하다는 건 바보라는 말과 비슷하게 여겨졌던 것이다.

가로등지기는 착하다. 그러나 바보다. 순심 누나는 한없이 착하다. 그러나 바보다. 공팔봉 씨는 착하지 않다. 그러나 부자다.

순호는 순종적이고 착한 바보보다 착하지 않은 부자가 훨씬 좋다고 생각했다.

수업이 끝나는 종이 울렸다.

순호는 수업이 끝나자마자 화장실 뒤, 단풍나무에게 달려갔다. 단풍나무에 등을 기대어 앉아 몽상에 잠기는 것만큼 즐거운 일은 없었다.

단풍나무 앞에 도착하자마자 가방을 그 아래 휙 던지고, 가방을 베개 삼아 벌렁 드러누웠다. 단풍나무 밑엔 시든 풀과 낙엽이 쌓여 있어서 폭신폭신했다. 화장실이 멀지 않아 냄새가 조금 나는 것 같았으나 어디까지나 기분이 그렇다는 것이지 실제로 냄새가 나는 것도 아니었다.

나무 아래 누워서 보는 하늘은 근사했다. 하늘을 배경 삼아 늘어진 나뭇가지들도 참 보기가 좋았다.

순호는 잠시 그대로 하늘을 바라보다가 등에 무언가가 배기는 것 같아 누운 채로 손을 등으로 가져가 보았다. 무언가가 잡혔다. 개 목걸이였다.

이상했다. 어제 오후, 순호가 이 곳을 떠날 때까지만 해도 틀림없이 없던 물건이 발견되었다는 사실에 몹시 불쾌했다. 영역을 침범당한 기분이었다.

그러고 보니, 어제 오후 순호가 떠날 때와는 뭔가 조금 달라진 느낌이었다. 개 목걸이도 그렇고, 또……. 하여간 꼬집어 얘기할 수는 없지만, 느낌이 그랬다. 화장실 냄새도 심한 것 같고…….

누가 다녀간 게 틀림없었다. 그가 누구이건 간에 벼락이라도 맞아서 다시는 이 근처에 얼씬도 못 했으면 좋겠다.

개 목걸이를 화장실 쪽으로 있는 힘껏 던졌다. 개 목걸이는 화장실 벽에 맞고 툭, 떨어졌다.

그제야 기분이 한결 가벼워졌다. 두 손을 탁탁, 털고서 바닥에 다시 드러누웠다.

몽상에 잠겼다.

수업을 하고 있는데 키가 크고 멋진 신사와 날씬하고 어여쁜 여인이 정중하게 문을 열고 들어온다. 그 옆에는 대머리의 교장 선생님과 교감 선생님이 굽실거리며 따라 들어온다.

교장 선생님이 '바로 저 아이입니다.' 하고 순호를 가리킨다.

날씬하고 어여쁜 여인이 눈물을 글썽이며 순호에게 다가와 손을 부여잡으며,

"길빈아! 이제야 너를 찾다니……."

여인은 눈물을 흘리며 순호를 껴안는다. 그 품이 너무나 포근하다.

"내가 바로 너의 친엄마란다. 봐라, 저기 계신 분이 네 아빤데, 너랑 똑 닮았잖니."

키가 크고 멋있는 신사가 저벅저벅 걸어와 순호에게 손을 내민다.

"내가 바로 너의 아빠란다."

목소리가 굵고 감미롭다. 키는 어찌나 큰지 쳐다보자면 목이 다 아플 지경이다.

교장 선생님이 눈물을 흘리며 설명을 해 준다.

"이 분들이 바로 너의 친부모님이시란다. 어서 인사드리렴. 네가 아주 어렸을 때 유모차에 태우고 동물원에 갔었는데, 네가 어찌나 잘생겼는지, 노름꾼 남자가 너를 훔쳐 갔다지 뭐냐."

순호는 몽상에서 잠시 깨어나 '훔쳐 간 건 너무 심한가?' 중얼거린 뒤, 다시 몽상 속으로 빠져들었다.

"네가 아주 어렸을 때, 너를 데리고 미국에 가려고 공항에 도착했는데 사람들이 너무 많아 그만 너를 잃어버렸다지 뭐니. 그 날 이후, 두 분은 너를 찾아 방방곡곡을 돌아다녔단다. 얼마 전 유전자 검사를 통해 네가 친아들임을 알게 되었지. 유전자 검사는 오류가 거의 없다는 거 너도 잘 알지? 그러니 너는 분명히 이 분들의 아들이란다. 너는 이제 엄청난 부잣집의 외아들이 되는 거야. 축하한다."

모두들 부러운 눈길로 바라본다. 송이가 "안녕." 하고 아는 체를 한다. 순호는 '나 너 몰라.' 하는 표정으로 바라본다. 송이가 "진작 잘 해 줄걸." 후회한다.

순호는 친엄마와 친아빠의 손을 잡고 집으로 간다.

집으로 가기 전에 할 일이 한 가지 있다. 아빠에게 귓속말로 담임을 해고시켜 달라고 부탁한다.

아빠는 교장 선생님에게 눈짓을 하고, 교장 선생님은 담임에게 엄한 표정으로 "당장 나가시오!" 소리를 지른다.

담임이 눈물을 흘리며 "순호야, 다시는 너 조는 거 뭐라고 하지 않을게. 한 번만 용서해 줘." 바지를 잡고 용서를 빈다.

착한 순호는 용서해 달라고 아빠에게 얘기한다. 아빠가 다시 교장 선생님에게 눈짓을 하자, "한 번만 더 그러면 용서하지 않을 테니 명심하시오." 따끔하게 야단을 친다.

"순호야, 우리 앞으로 친하게 지내자."

반장이 비굴하게 아부를 한다.

"내 이름 순호 아니거든? 길빈이거든. 그리고 나 이렇게 구질구질한 학교 안 다닐 거거든. 저리 좀 비켜 줄래."

손으로 툭 밀치니, 반장이 민망해하며 뒤로 물러서다가 꽈당, 넘어진다.

아이들이 손가락질 하며 반장을 마구 비웃는다.

"순호야!"

이거 왜 이래. 나 순호 아니라니까. 길빈이라고 길빈이!

"순호야! 여기서 뭐 해!"

그제야 순호는 몽상에서 깨어났다.

정신을 차려 보니 반장이 옆에 서 있었다.

"바, 반장!"

"너도 이 단풍나무를 좋아하는 모양이구나. 나도 그런데. 반갑다야! 옆에 앉아도 되지?"

"으, 응!"

"왜 일어나?"

"지, 집에 가야 돼."

순호는 가방을 챙겨 들고 잽싸게 자리를 피했다.

단풍나무를 자기도 좋아한다고? 1등에, 반장에, 부자에, 인기 짱이면서 그것도 모자라 단풍나무까지 차지하려 들다니, 반장 녀석은 정말이지 밥맛이었다.

어디 두고 보라지. 단풍나무는 절대 양보하지 않을 테니 누가 이기나 한번 해 보자고.

똥 팔아서
쌀 사 먹을 사람

순호는 학교에서 돌아오자마자 옥상으로 올라갔다. 집에 아직 아버지가 있었던 것이다. 아버지는 잠옷 바람으로 밥을 챙겨 먹느라 냉장고를 들여다보고 있었다. 순호는 아버지와 마주치고 싶지 않아 조심스럽게 되돌아나왔다. 대문 앞에서 인형 눈을 달아 주고 있는 누나를 피해 담을 넘었는데, 다시 담을 넘기도 귀찮고 해서 옥상으로 올라오게 된 것이다.

가파른 철제 계단을 올라가야 하는 옥상은 별 쓸모가 없는 장소였다. 빨래를 널기 위해 가끔 엄마가 올라갈 뿐, 주인집 사람들은 아무도 옥상을 이용하지 않았다. 주인집은 널찍한 베란다가 있기 때문에 군이 위험하기 짝이 없는 철제 계단을 오르내릴 까닭이 없었다.

순호도 지금껏 딱 두 번 올라와 봤을 뿐이다. 두 번 다 빨래를 걷어 오라는 엄마의 심부름 때문에 마지못해 올라왔었다. 위험하기도 한 데다 공팔봉 씨가 몹시 못마땅한 눈길로 쳐다보았기 때문에 내키지 않았다. 옥상 사용을 놓고 공팔봉 씨와 엄마가 대판 싸운 뒤로는 더욱 올라가기 싫었다. 지하에서는 옷이 잘 마르지 않기 때문에 옥상을 기필코 써야겠다고 우긴 엄마의 승리로 끝난 싸움이었으나, 떨어져 죽어도 모르니까 책임안 질 테니 알아서 하라는 공팔봉 씨의 마지막 말 때문에 엄마조차 옥상에 오르기를 께름칙하게 여겼다.

옥상에 오르면 공터는 물론이고 너브대의 따분하기 그지없는 풍경과 도로 너머의 멋진 아파트 단지를 한눈에 볼 수 있었다.

너브대와 아파트 단지는 너무나 대조적이었다. 거리는 채 500미터도 떨어져 있지 않지만, 그 수준 차이는 엄청났다. 너브대가 아프리카 오지라면, 아파트 단지는 뉴욕 맨해튼이었다. 아파트의 이름부터가 너브대와는 차원이 달랐다. 노스텔지아, 엘도라도, 파라다이스…… . 순호라는 이름과 길빈이라는 이름 차이만큼 차원이 달랐다.

순호의 꿈은 너브대를 하루 빨리 벗어나 멋진 아파트 단지에 사는 것이었다.

그러려면 하루빨리 돈을 모아야 했다. 고등학교만 졸업하면 열심히 일해서 돈을 벌 작정이었다.

"에헴!"

유행이 지난 양복에 백구두를 신은 공팔봉 씨가 지팡이를 앞세우며 대문을 열고 나왔다.

순호는 얼른 몸을 낮췄다.

공팔봉 씨는 공터 옆을 지나다 느티 쪽으로 가더니 가로등 노릇을 하고 있는 고목이 못마땅한지 지팡이로 느티의 발치를 쿡쿡 찔러 대며 중얼거렸다.

"이누무 낭구 뽑아 버리던지 해야지 원! 카악! 퉤이!"

공팔봉 씨는 가로등 발치에 가래를 뱉은 뒤, 근엄하게 지팡이를 휘저으며 발걸음을 옮겼다. 몇 걸음 내딛다 말고 공팔봉 씨는 걸음을 멈추었다. 하늘에서 공팔봉 씨의 왼쪽 귀 아래쪽에 달린 달걀 크기만 한 혹 위로 무언가가 떨어졌던 것이다.

공팔봉 씨는 왼손으로 혹을 닦았다.

새똥이었다.

공팔봉 씨는 붉으락푸르락해져서 하늘을 올려다보았다. 머리 위로 비둘기 한 마리가 날아가고 있었다. 나뭇가지 위에 앉아 있던 녀석은 공팔봉 씨가 지팡이로 가로등을 툭툭 치는 것에 놀라 똥을 누며 달아났고, 그것이 하필이면 공팔봉 씨의 혹 위에 떨어진 모양이었다.

"저저저 고이얀······."

공팔봉 씨는 분을 이기지 못해 식식거리며 허공을 향해 지 팡이를 휘둘렀다.

"깔깔깔깔······."

벤치 뒤에 숨어 이 광경을 지켜 보던 가로등지기의 인형이 공팔봉 씨를 비웃었다. 가로등지기는 손바닥으로 인형의 입을 틀어막고 자신의 품 속으로 쑤셔 넣었다. 그러나 인형은 기를 쓰고 기어 나와 깔깔거렸다.

웃음소리를 들은 공팔봉 씨는 지팡이를 휘두르며 가로등지 기에게 달려들었다.

가로등지기는 공팔봉 씨를 피해 이리저리 달아나면서 손으 로 인형을 가리키며 억울함을 호소했다. 공팔봉 씨는 자신을 놀리는 손짓으로 오해하고, 달아나는 가로등지기에게 더욱 화 가 나서 지팡이를 휘둘렀다.

"아구구 등짝이야!"

가로등지기를 쫓던 공팔봉 씨가 갑자기 비명을 질렀다. 언 제 다가왔는지 할멈이 빗자루로 공팔봉 씨의 등을 후려갈겼던 것이다.

56

"똥 팔아서 쌀 사 먹을 누움! 선사님께 작대기를 휘두르다니!"

공팔봉 씨는 노모의 서슬에 놀라 물러섰다. 이럴 땐, 조용히 물러서는 것이 상책이었다. 대거리해 봤자 이로울 게 없었던 것이다. 공팔봉 씨는 꽁지가 빠지게 달아났다.

"써억 물러가거라! 써억!"

욕쟁이 할멈은 빗자루를 휘두르며 공팔봉 씨의 뒤통수에 대고 악을 썼다. 공팔봉 씨가 물러나자 할멈은 잡귀라도 물리친 듯 뿌듯해하며 가로등지기에게 머리를 조아렸다. 서낭당 좀 잘 보살펴 달라는 부탁과 함께 연신 머리를 조아리는 할멈을 가로등지기는 영문을 몰라 하며 그저 머리를 마주 조아렸다.

할멈은 집에 들어가더니 음식이 가득 든 양재기를 들고 나와 가로등지기에게 건네 주며 다시 한 번 머리를 조아렸다.

보통 사람이라면 한 끼에 먹어 치울 수도 있겠지만, 아주 적은 양을 먹는 가로등지기에겐 일 주일은 족히 먹고도 남을 양이었다.

가로등지기는 답례로 다시 한 번 머리를 깊이 숙였다. 할멈도 지지 않고 고개를 숙였다. 서로 머리를 상대보다 낮게 낮추느라 머리가 거의 땅에 닿을 지경이었다.

이 때, 양재기를 들고 나오는 할멈을 수상히 여기며 따라 나온 단비 엄마가 이 광경을 목격하고 '놀고 있네!' 하는 표정으로, 늘 그렇듯 도끼눈을 흘겨 뜨고 두 사람을 노려보았다.

"냉장고를 아예 탈탈 털어 왔네, 탈탈 털어 왔어!"

벤치 위에 놓여 있는 양재기를 발견한 단비 엄마는 기가 막힌다는 표정으로 앙앙거렸다. 가로등지기는 얼른 단비 엄마에게 음식이 든 양재기를 갖다 주었다. 단비 엄마는 행여 가로등지기의 옷자락이라도 닿을까 싶어 뒷걸음질쳤다. 가로등지기는 머쓱해져서 양재기를 든 채 어찌해야 할지 몰라 멍하니 서 있었다.

"때애애액!"

할멈은 특유의 목소리로 며느리를 향해 고함을 꽥 질렀다.

갓등이 그 소리에 놀라 딸꾹, 옆으로 조금 기울었다.

단비 엄마는 진저리를 치며 자리를 피했다. 공팔봉 씨가 그랬듯이 더 이상 대거리해 봤자 이로울 게 없다는 걸, 이럴 땐 피하는 게 상책이란 걸, 잘 알고 있기 때문이었다. 게다가 아파트 단지에 있는 유치원으로 단비를 데리러 빨리 가 봐야 했다. 유치원비도 내고, 바이올린 학원에 가서 단비가 소질이 있는지 선생님도 만나 물어 볼 생각이었다.

순호는 멸시의 눈길로 아래에서 벌어지는 모습을 내려다보다가 멀리 아파트 단지로 시선을 옮겼다. 구질구질하기 짝이 없는 사람들이 아웅다웅하는 꼴을 더 이상 보고 싶지 않았다.

나무라도 한 그루 있다면 모를까, 옥상은 정말이지 마음에
들지 않는 장소였다. 당장 내려가고 싶지만, 아버지와 부딪치
는 게 싫었다.

새삼, 반장이 미워졌다. 반장만 아니었어도 지금쯤 단풍나
무 아래에서 마음껏 공상의 나래를 펼치고 있을 텐데…….

나는 기분이 좋으면 재채기를 해

느티의 이파리들이 깔깔거리며 자지러졌다. 가로등지기 때문이었다.

기분이 좋은지 가로등지기는 들릴 듯 말 듯한 콧소리로 노래를 웅얼거리고 있었다. 그가 웅얼거리는 노래는 '우리집 강아지는 복슬 강아지! 학교 갔다 돌아오면 멍멍멍! 반갑다고 꼬리치며 멍멍멍!'이었다. 열 번이고 스무 번이고 계속해서 그 노래만 반복했다. 마치 고장난 레코드 같았다.

노란색 유니폼에 노란 모자를 쓴 단비가 바이올린 가방을 들고 달려왔다.

"왈! 왈! 왈! 왈!"

가로등지기의 품 속에 있던 고양이 인형이 반갑다는 듯 마구 짖어 댔다. 가로등지기는 주위의 시선을 끄는 게 두려운지 인형의 입을 다급히 틀어막았다.

"단비 보고 싶단 말이야!"

인형이 애원했지만, 가로등지기는 들은 척도 하지 않고 다시 한 번 왼손으로 인형을 품 속에 밀어 넣었다. 단비 엄마가 단비를 뒤쫓아오고 있었기 때문이다.

그런데, 갑자기 가로등지기의 얼굴이 일그러졌다. 인형이 왼손을 깨물고 늘어졌던 것이다. 물론 가로등지기의 오른손이 왼손을 잡고 비트는 것이겠지만.

순호는 그 광경을 내려다보다가 피식, 웃지 않을 수 없었다. 가관이었다. 가로등지기의 가슴에 숨기고 있는 것이 무언가 했더니 우스꽝스러운 인형이었다. 가로등지기가 가끔 가슴께를 내려다보며 혼잣말을 중얼거리는 까닭을 이제야 알 것 같았다. 에이리언이라도 숨기고 있을지도 모른다는 오해는 풀렸지만, 두려움으로 인한 경외감마저 사라져 버리자, 가로등지기에 대해선 멸시의 감정만 남았다.

단비의 목소리가 들리자 대문 앞에 쪼그리고 앉아 있던 순심이 발딱 일어났다. 다섯 살배기 단비와 열여덟 순심은 많은 나이 차이에도 불구하고 단짝 친구였다.

순심은 단비에게 달려가고 싶지만, 단비 엄마가 무서워 제자리에 선 채 단비를 향해 손만 흔들었다. 단비도 순심에게 손을 흔들어 주고는 엄마에게 순심 언니랑 놀다 들어가겠다고 졸랐다. 단비 엄마는 단비가 순심과 어울리는 게 탐탁지 않았기에 쉽게 허락하지 않았다. 단비는 간절히 애원했다.

"단비 일 시키지 마. 또 그러면 가만 안 둘 거야."

단비 엄마는 바이올린 가방을 들고 집으로 들어가며 순심에게 경고했다. 며칠 전에 단비가 인형의 눈을 달아 주고 있는 모습을 보고 그러는 것이었다.

단비는 엄마를 이해할 수 없었다. 인형에게 눈을 붙여 주는 것이 어째서 일이란 말인가. 인형이 얼마나 기뻐하는데…….

엄마가 아무리 말려도 단비는 오늘도 인형에게 눈을 달아 줄 작정이다.

엄마가 집으로 들어가자 단비는 순심 언니의 손을 이끌고 공터로 달려갔다. 누구에게도 방해받지 않고 인형에게 눈을 달아 주기 위해서였다.

단비는 빗자루질을 하고 있는 욕쟁이 할머니에게 인사를 했다. 그러나 할머니는 들었는지 먹었는지 비질만 했다. 마침 공터를 모두 쓸었는지 가로등지기에게 합장한 뒤, 단비에겐 아는 체도 않고 집으로 쏙, 들어가 버렸다.

한편, 가로등지기는 순심이 공터로 들어설 때부터 안절부절
제정신이 아니었다. 가로등지기는 얼결에 먹고 있던 사과를 내
밀었다. 순심과 단비는 그런 가로등지기가 무서운지 뒷걸음질
쳤다.

"왈! 왈!"

단비와 순심이 달아나기 위해 뒤돌아서려 할 때, 가로등지
기의 주머니 속에서 인형이 고개를 내밀고서 짖어 댔다. 순심
과 단비는 호기심을 느끼며 제자리에 우뚝 섰다. 인형은 대뜸
단비에게 인사를 했다.

"안녕!"

단비와 순심은 인형의 인사가 믿어지지 않는다는 표정으로
눈을 동그랗게 뜬 채 서로를 바라보았다.

"아, 안녕!"

순심이 먼저 더듬거리며 인형의 인사에 응했다.

"에취!"

인형이 재채기를 하자, 단비와 순심은 서로 마주 보며 쿡, 하
고 웃었다. 두 사람은 자기도 모르게 인형에게로 이끌리듯 다
가갔다.

"난 기분이 좋으면 재채기를 해."

단비와 순심은 다시 한 발짝 다가섰다.

"내 이름은 단비야!"

"나, 난 순심이."

"내 이름은……. 아저씨, 내 이름은 뭐야?"

인형이 가로등지기를 바라보며 물었다. 가로등지기는 고개를 살래살래 흔들었다.

"왜 난 이름이 없는 거야. 당장 이름지어 줘. 당장!"

인형이 보채자 가로등지기는 난감한 표정이었다.

"아니야, 내 이름이니까 내가 지을 거야. 내 이름은……."

그 순간, 재채기가 나왔다. 인형이 재채기를 하자, 가로등지기도 재채기를 하고, 단비와 순심도 재채기를 했다.

"옳지, 재채기! 내 이름은 재채기야!"

"쟤 너무 귀엽다, 그치!"

단비가 순심에게 동의를 구하며 귓속말을 했지만, 순심은 단비의 질문이 귀에 들어오지도 않는지 재채기 인형에게 홀딱 반한 듯 넋 놓고 인형만을 바라보았다. 그러나 가로등지기가 무서워서 순심과 단비는 쉽게 인형에게 다가서지 못했다.

"인사해! 이 아저씨는 가로등을 지키는 가로등지기야!"

재채기 인형이 가로등지기를 소개하자 가로등지기는 단비와 순심에게 머리를 깊숙이 숙여 인사했고, 단비와 순심도 고개를 마주 숙였다. 단비는 아직 가로등지기가 무서웠으나 인형에게 홀딱 반한 순심은 가까이 다가가 재채기를 쓰다듬어 주기까지 했다. 그런 순심이 단비는 부러웠다. 자기도 가까이 다가가 인형을 한 번 쓰다듬어 주고 싶은데 용기가 나질 않았다.

재채기는 신이 났는지 노래를 부르기 시작했다. 그 노래는 가로등지기가 기분이 좋은 때면 반복해서 웅얼거리던 바로 그 노래였다.

"우리 집 고양이는 미친 고양이! 학교 갔다 돌아오면 멍멍멍! 강아지도 아닌 것이 멍멍멍!"

"애개, 엉터리! 고양이가 어떻게 멍멍멍 짖어?"

노래를 듣고 있던 단비는 토를 달았다.

"그러니까 미친 고양이지."

재채기가 대답했다.

아, 그렇구나! 단비와 순심은 고개를 끄덕였다. 단비가 용기를 내서 재채기에게 노래를 가르쳐 달라고 부탁했다. 재채기는 기꺼이 응했다. 재채기가 먼저 부르면 단비와 순심이 따라 불렀다.

"바보들!"

순호는 자기도 모르게 작은 소리로 중얼거렸다.

단비야 어려서 그렇다 치지만, 순심 누나와 가로등지기는 도저히 두 눈 뜨고 봐 줄 수 없을 만큼 유치했다.

'이 세상에서 저들이 할 수 있는 일이 무엇이 있을까. 아무런 쓸모도, 아무런 소용도 없잖아. 없어도 그만인 사람들 아닌가?'

　아래를 보고 있자니 공연히 짜증과 울화통이 치밀었다.

　아버지가 나가는 걸 보지 못했으니 아직 집에 있는 모양인데, 내려갈 수도 없고, 숫제 죄수처럼 옥상에 갇힌 꼴이 되고 말았다. 피시 게임이라도 한다면 지루하진 않을 텐데……

　이럴 땐, 역시 친엄마와 친아빠가 찾아오는 상상을 하는 게 최고다.

　학교 운동장에는 엄마 아빠의 차가 서 있다. 교장 선생님은 굽실거리며 문을 열어 주고, 우리 가족은 차에 올라탄다. 전교생이 창문에 몰려나와 부러워 죽겠다는 표정으로 보고 있다. 차를 타고 집으로 간다. 으리으리한 집이다. 대문 앞에 도착하자 검은 옷을 입은 경호원들이 권총을 들고 나타나 차를 에워싼다. 아빠가 나를 안아든다. 경호원들의 호위를 받으며 대문을 열고 안으로 들어가자 아름다운 정원이 나타난다. 고향집에 있던 사과나무가 바로 그 곳에 있다. 학교 화장실 뒤에 있는 단풍나무와 너브대 공터의 느티도 어느새 옮겨와 있다. 그런데 느티에 공팔봉 씨가 붙여 놓은 팻말이 그대로 붙어 있어서 조금 화가 난다. 경호원 한 사람이 눈치를 채고 달려가 팻말을 잡

아떼고서 마구 짓밟더니 우적우적 깨물어 먹어 버린다. 속이
다 시원하다.

"악!"

날카로운 외마디 비명 소리가 공터에 울려 퍼졌다.

순호는 깜짝 놀라 공상에서 깨어나 아래를 내려다보았다.

단비 엄마가 비명을 지른 모양이었다. 근본도 모르는 부랑
자 옆에 딸이 서 있는 모습을 보자 자기도 모르게 비명을 질렀
던 것이다.

마침, 그 앞을 지나던 경찰 두 명이, 무슨 일인가 하고, 비명
을 지른 단비 엄마에게 달려갔다. 단비 엄마는 파랗게 질린 채,
가로등지기를 가리켰다.

가로등지기는 경찰을 보자 후닥닥 달아나기 시작했다.

경찰은 달아나는 가로등지기를 수상히 여겨 호루라기를 불
며 쫓았다.

"누가 저런 거지하고 놀랬어!"

단비 엄마는 단비를 윽박질렀다.

"아저씨 거지 아니야."

단비가 대답했다.

"거지가 아니면?"

"가로등지기란 말야."

"뭐가 어쩌구 어째?"

"등대를 지키는 등대지기랑 똑같아."

"말 같잖은 소리 말어, 이것아! 가로등지기는 무슨 얼어 죽을……. 한 번만 더 거지 옆에 갔단 봐라, 떼 놓고 달아나 버릴 테니까……."

단비 엄마는 단비의 등을 떠다밀며 대문 쪽으로 발걸음을 옮겼다.

"동네가 구질구질하니까 별별 사람들이 다 꼬여 들어. 으이그, 지긋지긋해. 으이그!"

단비 엄마가 대문을 열고 들어설 때, 때마침 밖으로 나오던 할멈과 마주쳤다. 단비 엄마는 할멈과 닿지 않도록 한쪽으로 비켜섰다. 할멈은 소리나게 코를 팽, 풀어 손에 묻은 코를 벽에 주욱, 문질러 닦았다. 단비 엄마는 혐오스럽다는 듯 오만상을 찌푸렸다.

한편, 순호는 너브대의 지긋지긋함으로부터 재빨리 벗어나고 싶어 공상에 잠기려 했지만 감정이 잘 잡히지 않았다.

공상에게 깨어나게 한 죄로 경호원을 시켜 가로등지기를 혼내 주게 하고 싶었다. 소리를 질러 공상에서 깨어나게 한 것은 단비 엄마였지만, 원인 제공은 가로등지기니까 벌을 받아야 하는 사람은 가로등지기가 당연했다.

순호의 눈에 단비 엄마는 너브대와 어울리지 않는 사람 같았다. 옷도 아파트 단지에 사는 사람들처럼 세련되게 입었고, 피부도 하얗고, 얼굴도 영화배우처럼 예쁘고 날씬했으니까. 남편인 공팔봉 씨와는 전혀 어울리지 않는 사람이었다. 나이 차이도 많이 나고, 분위기도 완전히 달랐다. 너브대와 아파트 단지만큼이나 큰 차이가 났다.

단비 엄마는 공팔봉 씨의 두 번째 아내였다. 전 남편과의 사이에서 난 다섯 살배기 단비를 데리고 있었기 때문에 공팔공 씨 같은 노인에게 시집을 왔지, 단비만 없었어도 부잣집 총각과 결혼할 사람이었다.

순호는 진짜 친엄마가 단비 엄마였으면 좋겠다고 상상하곤 했다.

순호는 한쪽 구석에 묶여져 있는 종이 상자를 깔고 옥상 바닥에 벌렁 누워 버렸다.

늦가을치고 따뜻한 날씨여서 그런지 금세 졸음이 몰려왔다.

그렇기는 느티도 마찬가지였다.

입덧하는 할멈과
그 며느리

느티는 꾸벅꾸벅 졸고 있었다.

욕쟁이 할멈이 가로등 밑 벤치가 비어 있는 것을 발견하고 다가왔다. 벤치에 앉더니 치마폭에 싸온 바느질감을 무릎 위에 올려놓고 바느질을 하기 시작했다.

혼자가 된 순심은 다시 대문 앞으로 가서 인형의 눈을 달아 주고 있었다.

"방에 들어가서 하잖구, 와 여기서 이랴. 감기 들면 워쩔라 구."

순호 아버지가 대문을 나서며 딸 순심에게 하는 말이었다.

순심은 벌떡 일어나 대문 안으로 엉덩이를 집어넣고,

"아부지, 밥! 밥, 아부지!" 하고 외쳤다.

아버지는 "묵었다." 하고는 공터로 향했다.

순심은 일손을 놓고 대문 앞에 서서 공터로 들어가는 아버지를 바라보았다. 아버지의 모습이 시야에서 사라질 때까지 눈마중을 끝내야 비로소 다시 일을 시작할 것이다.

아버지가 밥 차려라, 한 마디만 하면, 당장이라도 달려갈 준비를 하고 아버지의 모습을 눈으로 좇았다.

"진지 자셨어유?"

아버지는 담배 한 대를 태우기 위해 공터로 들어서다 벤치에 앉아 있는 할멈을 발견하고 인사를 했다.

"쌀 팔아서 똥 사 먹을 눔!"

할멈은 인사를 건네는 아버지에게 대뜸, 욕지기를 퍼부었다.

그리 틀린 말도 아니라는 듯, 아버지는 사람 좋은 웃음을 머금었다. 할멈 옆에 앉으며 담배를 빼어 물고 할멈에게 말을 걸었다.

"접 때처럼 거시기…… 조시다가 거시기 하시면 워쩔라구 거그 올라앉아 계신데유."

할멈은 들은 척도 않고 바느질에만 열중했다.

"그게 뭣이대유?"

아버지가 건성으로 물었다.

"배냇저고리 아이가!"

"배냇저고리유? 워따 쓰시게?"

"얼라 태어나마 쓰지, 어디다 쓰긴 어디다 써."

"글먼…… 머시냐, 거시기…… 시방 아줌니…… 머시냐, 거
시기…… 임신하셨유?"

놀라 말을 더듬는 아버지의 물음에 할멈은 대답 대신, 자랑
스럽게 배를 쑥, 내밀어 보였다.

"난리 나부렀네, 난리 나부렀어!"

손바닥으로 무릎을 탁, 치며 아버지는 혀를 찼다. 할멈의 하
는 양을 호기심 어린 눈으로 살피다가 슬쩍 물어 보았다.

"아줌니, 시집온 지 을매나 됐유?"

"삼 년째 아이가!"

"올커니!"

아버지는 맛나게 담배 한 모금을 들이마셨다 내뿜으며 신이
나서 물었다.

"그람, 머시냐, 몇 살 때 시집오셨유?"

"이팔청춘 열여섯에! 더도 안 묵었다, 똑 열여섯에 시집왔다
아이가!"

할멈은 바느질을 하며 기다리기라도 했다는 듯 수다를 늘어
놓기 시작했다.

"말또 마라 말또 마라, 고생 빠가지 고생 빠가지, 그 고생을 우예 말로 다 하겠노! 김가(金家)라 카마, 이가 빠득빠득 갈린다고마. 하이고 종내기들, 세 끼 밥도 못 먹음서 꼴에 양반이라꼬 으을매나 유세를 떨어쌌든지……."

아버지는 할멈의 얘기가 한정도 없이 길어질 것 같자 슬그머니 일어났다. 할멈은 눈치를 채지 못하고 실을 끊느라 말을 잠시 멈추었다가 계속해서 사설을 늘어놓았다.

"첫날밤마 생각하마 웃음이 난다 아이가. 열여섯 나이에 뭘 아나. 내빼뿌까 우짜까 재고 있는데, 족도리를 벳기기 시작하는 기라."

할멈은 순호 아버지가 사라진 걸 깨닫고 잠시 말을 멈추었다. '누구하고 얘길 했더라! 옳지, 저 양반이었구나!' 할멈은 아버지의 질문으로 얘기가 시작됐다는 사실을 잊어버리고, 느티의 나뭇가지에 매달려 있는 갓등을 발견하고는 하던 얘기를 이어서 늘어놓았다.

"힝힝힝…… 웃어버가 말이 안 나온다. 지도 엉가이 떨렸던 모양이라. 고장난 재봉틀매로 달달달달 떠는데 을매나 웃기등고, 참나라꼬 혼이 났다 아이가."

할멈은 간간이 가로등을 올려다보며 말벗이 자신의 말을 경청하고 있는지 확인하며 계속해서 말을 이었다. 졸지에 할멈의 말벗이 된 가로등은 할멈의 첫날밤 얘기에 귀를 기울이지 않을 수 없었다.

이 때, 단비 엄마가 현관문을 열고 이불 홑청을 들고 나와 새된 소리로 시어머니의 흉을 보기 시작했다. 지나가는 사람이라도 들어 주길 바라며, 단비 엄마는 목청을 높였다. 단비 엄마의 말에 따르면, 이불 홑청을 죄 뜯어서 기저귀를 만든 것도 모자라, 냉장고 속의 음식들을 모두 빼내고는 기저귀로 냉장고를 가득 채워 놓았다는 것이다.

"야야아, 밭에 가가 생무 좀 뽑아 오니라. 넘들은 얼라를 베마 신 기 묵고 싶다더마 나는 맵싸한 기 묵고 싶대이."

할멈은 단비 엄마가 발광하는 까닭을 아는지 모르는지 느닷없이 며느리에게 생뚱맞은 부탁을 했다.

단비 엄마는 기가 막히는지 입을 딱 벌린 채 주위를 두리번거렸다. 누가 이 꼴을 봐 줬으면, 그래서 자기가 얼마나 기막힌 처지에 놓여 있는지 알아 줬으면 좋겠는데, 아무도 그 앞을 지나가는 사람이 없어 속상했다. 단비 엄마는 이럴 때마다 당장이라도 이 집을 뛰쳐나가고 싶었다.

바다에 가고 싶었다. 한 보름, 아니 일 주일, 하다못해 단 이틀이라도 바닷바람을 쐬고 오면 좀 나을 것 같았다.

배를 쓰다듬으며 매운 무가 먹고 싶다고 말하는 욕쟁이 할

멈과 바다에 가고 싶어하는 단비 엄마를 조용히 내려다보며 느
티는 깊은 명상에 잠겼다.

쌀 팔아서
똥 사 먹을 사람

느티는 텅 빈 공터를 홀로 지키고 있었다. 경찰을 피해 달아났던 가로등지기가 한 시간이 지나도록 돌아오지 않았던 것이다.

주인 없는 벤치 위로 나뭇잎 하나가 날아와 앉았다.

"아따, 하늘 한번 지랄시리 맑네! 카악⋯⋯."

볼일을 보고 집으로 돌아오던 공팔봉 씨가 가래를 돋웠다. 길바닥에 뱉으려다가 하늘을 살폈다. 비둘기가 있으면 안 되니까.

벤치 위에 앉아 있던 나뭇잎이 얼른 벤치 아래로 내려가 몸을 숨겼다.

얼마나 잤을까, 순호는 찌뿌드드한 몸을 일으켰다. 시계를 보았다. 어느새 다섯 시가 넘어 있었다. 한 시간이 넘도록 잠을 잔 셈이다.

공터를 내려다보았다. 아버지가 공터 벤치에 앉아 있는 모습이 보였다.

당장 옥상에서 내려가고 싶었지만, 마침 공팔봉 씨가 저 쪽에서 걸어오고 있어서 잠시 기다리기로 했다. 괜히 들켜서 좋을 게 없을 테니까.

죄지은 것도 없이 죄지은 사람처럼 옥상에 꼼짝 못 하고 숨어 있어야 하다니, 한심하기 이를 데 없었다. 다시는 옥상에 올라오지 않을 생각이었다.

공터 벤치에 앉아 담배를 뻑뻑 구워 대고 있던 아버지가 공팔봉 씨를 발견하고 다급하게 일어섰다.

"돈 없어!"

공팔봉 씨는 순호 아버지가 자기에게 다가오는 속셈을 짐작하고 대뜸 쏘아 붙였다.

순심은 아버지가 나타나면서부터 대문 앞에 까치발을 하고 서서 '밥 차려라.' 명이 떨어질까 봐 귀를 기울였다. 순호와 아버지의 밥을 차려 주는 일은 순심에게 있어 가장 중요한 임무였다. 아버지의 참을성 있는 반복이 만들어 낸 성과였다. 아버지는 순심만 보면 밥을 달라고 했다. 밥과 국은 어떻게 놓고, 가스는 어떻게 켜고 끄는지, 야단 한 번 치지 않고 천천히 가르쳤다. 짚신도 짝이 있다고 이 다음에 혹 결혼을 하게 되더라도 신랑 밥은 차려 줄 수 있어야 한다는 것이 아버지의 생각이었던 것이다.

"돈 백만 좀……."

아버지가 공팔봉 씨에게 굽실거렸다.

"없다니까 그러네! 그간 꿔 간 돈이나 갚어."

"당연히 갚아 디려야쥬. 한 오십만 원이라두 어떻게……."

"일 없다 안 카나! 지금까지 빌려 간 돈이 자그마치 이천이 백만 원이다. 한 달 내로 그 돈 안 갚으마, 전셋돈에서 뺄 기다! 분명히 거기 입으로 약속했는 기라."

"기억하쥬! 암유! 틀림없이 갚아 드릴 것이구먼유. 글 않으면 약속대루 방을 빼서라두 빌린 돈 갚아 디리겠습다. 담은 얼마라도 좀……."

"나 참……. 얼마를?"

"많으면 많을수록 좋겠지유."

"한정 없이 줄 수야 없지. 전세금 이천오백 중에서 다 빌려 가고 인자 딱 삼백 남았다. 그거 다 빌려 가마 집 비워야 되는 거 알제?"

78

"그람유! 여부가 있겠이유. 이번엔 그간 빌려 간 돈까정 다 갚을 거구먼유."

"따라 들어오시게!"

아버지는 공팔봉 씨를 따라 집 안으로 들어간 지 10여 분 만에 상기된 표정으로 대문을 나섰다.

"아, 아부지! 이거!"

순심 누나가 신문지로 싼 작은 꾸러미를 내밀었다.

"뭣이냐?"

아버지는 꾸러미를 풀어 보았다.

"돈 아녀. 워디서 난겨!"

"내 돈!"

장한 일이라도 한 듯 순심 누나는 으쓱해져서 벙글벙글 웃으며 대답했다.

'저런 바보!'

공터를 내려다보고 있던 순호는 하마터면 소리를 내서 말을 할 뻔했다. 2년을 한 푼도 쓰지 않고 모아 둔 돈을 저렇게 쓰려 하다니…… 울화통이 터졌다.

잃어버릴까 봐 엄마가 은행에 저금을 하고서 통장을 갖다 주자, 내 돈 내놓으라며 이틀 동안 울어 대지 않았던가. 누가 훔쳐 가기라도 할까 봐 잠을 잘 때도 품에 넣고 자더니, 그 돈을 아버지에게 준단 말인가. 차라리 그 돈으로 맛있는 걸 사 먹든 가, 옷이라도 하나 사 입을 것이지……. 아니면 불우이웃 돕기 성금으로 내든가…….

'설마, 에이 설마, 저 돈을 아버지가 받지야 않겠지.'

"월매여?"

"아부지 가져! 허리 아픈 데 약 사 먹어!"

"허리야 밤새 노름질 하느라구 아픈누무 걸……. 됐다 사탕 이나 사 묵어라."

"나 사탕 안 먹어. 아부지 약 사 먹어!"

"가져가그라! 나가 아무리 노름에 정신 나간 개종자이지만 서두 설마허니 니 돈까정 쓰면서 노름질을 할 인간으로 보이 냐."

순심 누나는 아버지가 전해 주는 돈 꾸러미를 받아 들고 울 상이 된 채 실룩거리며 서 있었다.

아버지는 걸음을 옮기다 말고 휙 돌아섰다.

"그려, 배로 불려 주마!"

아버지는 그예 돈을 낚아챈다.

순심 누나는 그제야 비로소 활짝 웃으며 인사를 꾸벅하고 대문 앞으로 달려가 인형의 눈을 달아 주기 시작했다.

엄마에게 맞는 누나의 모습이 눈에 선했다. 이번에는 맞아도 싸다는 생각이 들 것 같았다. 바보 같은 누나!

아버지는 잠시 제자리에 우뚝 선 채 걸음을 떼지 못했다. 착한 딸이 고맙고 불쌍했으며, 딸의 돈까지 노름돈으로 쓰려 하는 자신이 한심하고 서글펐던 것이다.

공터의 벤치로 가 앉았다.

담배 한 개비를 태워 물었다.

한숨 섞어 허공으로 담배 연기를 내뿜다가 자신을 내려다보고 있는 느티를 발견했다.

아버지는 느티를 올려다보며 중얼거렸다.

"마지막입니다요. 이게 워떤 돈인 줄 잘 아시지유. 백치 딸년이 인형 눈깔 달아 주고 모은 돈이유. 이번만큼은 절대루다가 따게 해 주서야 쓰겠구먼유. 이런 말쌈 디리기 뭣하지만서두유, 만약에, 만약에 말유, 이 돈 또 잃어불면 나……."

여기까지 말하고 나서 아버지는 담배꽁초를 바닥에 던져 발바닥으로 우악스레 비벼 끄면서,

"예배당이고 절이고 멋이고 간에 몽땅 싸질러 버릴 거구먼유. 농담 아뉴. 낭중에 후회해두 소용 없유. 나 성깔 한번 났다 하먼 물불 안 가린다는 거 잘 알쥬."

아버지는 그렇게 공갈을 치고 발걸음을 옮겼다. 그러나 영 마음이 께름칙한지 가로등 밑으로 다시 걸어와서 간절한 목소

리로 애원했다.

"지발, 지발 이번 딱 한 번이구먼유. 본전만 찾으문, 다시는 이 화투장, 손에 안 댈 거구먼유. 그렇게 마지막으루다가 딱 한 번만 밀어 주서유. 그람, 지 갑니다요! 딴 데 신경 쓰덜 말구, 여 그 똑바로 보서야 합니다요. 뽈갱이 눔덜이 삼팔선을 처내려온 대두 일절 신경 끊구설랑 여그만 보서유. 성부와 성자와 성신의 이름으로다가, 나무아미타불 관세음보살! 아아멘!"

아버지가 사라지자마자 순호는 아래층으로 내려갔다.

"어, 순호다! 순호야!"

계단을 내려오는 순호를 발견한 순심이 튕기듯이 일어나 인형 바구니를 챙겨 들고 맹렬하게 뛰어들어왔다.

순호는 들은 척도 않고 현관문을 신경질적으로 열어 젖히며 집 안으로 들어갔다.

"밥 주까, 밥?"

밥밖에 모르는 밥벌레.

정작 자신은 보통 사람 반의반도 먹지 못하는 누나였다. 다른 백치들은 밥 욕심이 많아 뚱뚱한데, 누나는 날씬했다. 누나도 밥 욕심이 많기는 했다. 밥뿐만 아니라 먹는 거라면 거의 사족을 못 썼다. 그러나 얼마 먹지는 못했다. 그것마저도 토하기일쑤였다. 그래서였을까, 자신은 먹고 싶어도 못 먹는 밥을 다른 사람이라도 많이 먹어 주길 바라는지, 밥을 하면 많이 했고, 공기에 밥을 담아도 고봉으로 담았다. 그러고는 그 밥 먹는 모습을 옆에서 빤히 지켜 보았다.

순호 가족들은 그것에 익숙했다. 그러나 남들이 그 광경을 목격했다면, 누나를 고문하는 것처럼 보였을지도 모른다. 누나는 옆에서 침을 삼키며 고통스러워했으니까. 아버지는 바로 옆에서 빤히 쳐다보는 누나를 약이라도 올리듯이 아무렇지도 않게 맛있게 먹었으나 엄마는 맛없게 숟가락질을 하며 한숨을 내쉬거나 누나의 머리를 쥐어박았다.

누나는 가족들뿐만 아니라 이웃 사람들에게도 먹을 걸 나누어 주고, 그 먹는 모습을 지켜 보기 좋아했다. 종종 가로등지기에게도 초코파이 같은 게 생기면 가져다 주고는 멀찌감치 달아나 저만큼 서서 넋을 잃고 쳐다보았다.

남에게 나누어 주길 좋아하지만 제 돈 들여 무언가를 사서 주는 일은 결코 없었다. 돈을 주면 근처 가게에 가서 과자를 얻을 수 있다는 사실을 알고는 있었으나 인형의 눈을 붙여 주고 받은 돈만큼은 결코 쓰지 않았다. 가끔 순호에게 천 원씩 용돈을 주는 게 전부였다.

그렇게 아끼던 돈을, 엄마에게조차 잘 보여 주지 않던 돈을, 아버지에게 줘 버린 것이다.

순호는 생각할수록 부아가 났다.

방으로 들어와 이불을 뒤집어쓰고 누워 꼼짝도 않았다.

누나는 부엌에서 음식을 만드는지 딸그락딸그락 부산했다. 맛있는 냄새가 진동을 했다.

"순호야, 비빔밥!"

누나는 한참 만에 양재기 하나 가득 비빔밥을 해서 방으로 들고 들어왔다.

"비빔밥이다! 순호가 좋아하는 비빔밥이다!"

"저리 꺼져!"

순심 누나에게 소리를 버럭 질렀다.

"순호가 좋아하는 비빔밥이다."

순심 누나는 분위기 파악도 하지 못한 채 계속해서 보챘다.

"저리 꺼지란 말이야! 이 바보 멍청이야! 꺼져! 꺼져 버리라고!"

벌떡 일어나 앉아 소리를 지르자, 순심 누나는 깜짝 놀라 비명을 지르며 구석으로 달아나 최대한 몸을 웅크린 채 손사래를 쳤다. 엄마의 매를 피해 달아날 때의 모습과 똑같았다. 옆구리를 힘껏 한 대 걷어차 주고 싶었지만, 차마 그렇게 할 수는 없었다. 도로 이불을 뒤집어쓰고 누웠다.

한동안 아무런 소리도 들리지 않았다. 차라리 순심 누나가

화를 내거나 야단을 쳐 주었으면 좋겠다. 동생이 '바보 멍청이'라고 하지 않았는가. 누나라면 당연히 야단을 쳐야 한다.

이불을 당기는 누나의 손길이 느껴졌다.

누나가 이불을 확 잡아채고서, '너 지금 뭐라고 했어. 그게 무슨 말버릇이야. 당장 사과해.' 그렇게 말할지도 모를 일이었다.

그러나 그런 일은 일어나지 않았다.

누나는 이불을 여며 줄 뿐이었다. 이불 밖으로 비어져 나갔던 오른쪽 발을 덮어 주는 누나의 손길을 느끼는 순간, 울컥 목이 메었다. 착한 누나! 바보 누나!

자리를 박차고 일어나 도망치듯 밖으로 나왔다.

피시방으로 가서 게임을 했다. 게임은 순호가 제일 좋아하는 것이다. 한참 많이 할 때는 신문 배달로 받은 돈이 모자랄 정도로 피시방을 드나들었다. 그러나 요즘은 가능한 한 참았다. 돈을 모아서 엠피스리 플레이어를 구입하기 위해서였다. 디지털 카메라도 갖고 싶고, 휴대폰도 가지고 싶었다. 딱히 쓸모가 있어서라기보다 웬만한 아이들은 다들 가지고 있는 물건이었기 때문이다. 그 밖에도 가지고 싶은 물건은 많았다. 컴퓨터, 게임 시디, 인라인 스케이트…….

내가 정말 가지고 싶은 것은, 교양 있고 예쁜 엄마와 멋있는 신사 아빠다. 그리고 바보가 아닌 누나가 있었으면 좋겠다. 아니, 누나 따윈 없었으면 좋겠다.

두 시간쯤 정신없이 게임을 했다. 기분이 좀 좋아졌다. 게임을 하면 현실을 잊을 수 있어서 좋았다.

게임을 좀더 하고 싶었지만, 배가 고팠다. 비빔밥을 먹지 않고 나온 것이 그제야 후회스러웠다. 컵라면이라도 사 먹고 게임을 계속 할까도 생각했지만, 두고 온 비빔밥이 아른거렸다.

집으로 향했다. 공터 앞을 지나다가 가로등 발치에 앉아 있는 아버지를 발견했다. 어떻게 되었는지 궁금했다. 혹시 땄을까? 제발 그랬으면……! 지금껏 단 한 번도 따지 못했으니 한 번쯤 딸 때도 되지 않았을까.

은근히 기대가 되어 아버지에게 들키지 않도록 조심하며 공터를 둘러싸고 있는 쥐똥나무 뒤에 몸을 숨겼다.

이번에는 따야 한다. 순심 누나의 돈을 가지고 갔지 않았는가. 제발!

가로등이 아버지를 내려다보며 딸꾹질이라도 하는 듯 불안하게 깜빡거렸다.

"나가 다시 화투장을 손에 쥐면 사람이 아녀. 비루먹은 강아지구먼. 아녀, 비루먹은 강아지가 싸지른 똥이여."

아버지는 주머니를 뒤져 담배를 꺼냈다. 그러나 빈 갑이었다. 담뱃갑을 바닥에 냅다 집어던졌다.

역시⋯⋯. 순호는 몸에서 힘이 축 빠지는 듯한 느낌을 받으며 그 자리에 털썩 주저앉았다.

"거그서 광땡이 나오는 법이 워딨냔 말여. 하이구 나 미치겄네!"

아버지는 왼손 바닥을 펼치고 그 위를 오른손 바닥으로 탁탁 치며,

"아, 장땡을 들구서 광땡이 나올 줄 누가 알었겄어. 움미움미 환장하겄능거! 전셋돈을 몽땅 날려 부렀으니, 이 일을 마누라쟁이가 알먼 난리가 날 터인디⋯⋯. 불쌍한 여편네, 워쩌다가 나같은 눔한티 걸려 갖구설랑은 저 고생이디야. 하느님도 무심하시지, 아 거그서 광땡이 나오는 벱이 워딨유. 광땡이⋯⋯."

가로등의 얼굴을 올려다보며,

"목매달기 딱 좋게 생겨 묵었네."

진담 섞어 중얼거리는데,

"쌀 팔아서 똥 사 묵을 눔!"

언제 왔는지 할멈이 지팡이를 짚고 서서 일갈했다.

"맞구먼유! 고 말이 딱 맞아 부러요! 지는유, 햅쌀 팔아서 묵은 똥 사 묵을 눔이구먼유!"

벤치를 뺏겨 부아가 나서 그러는 줄 알고 아버지는 벤치를

할멈에게 양보한 뒤 도로 쪽으로 힘없이 무거운 발걸음을 옮겼다.

할멈은 벤치를 양보받았지만 벤치를 마다하고 지팡이에 의지한 채 집 안으로 들어갔다.

텅 빈 공터는 오늘 따라 유난히 쓸쓸하고 황량했다. 늘 근처에 머물던 가로등지기마저 어디로 갔는지 보이지 않았다. 가로등은 텅 빈 공터를 내려다보며 여전히 딸꾹질을 하듯 연신 깜빡였다.

쥐똥나무 뒤에 숨어 있던 순호의 발 앞에는 쥐똥나무 가지들이 잘게 부러진 채 수북하게 쌓여 있었다.

느티는 고개를 떨어뜨린 채 깊은 상념에 잠겼다.

마른하늘에
날벼락

순호 아버지가 돈을 모두 잃었다는 사실을 공팔봉 씨는 다른 노름꾼을 통해 이미 알고 있었다.

공팔봉 씨는 그 소식을 전해 듣자마자 서랍에서 마분지를 꺼내 16절지 크기로 자른 뒤 여러 장에다 '전세방 있음! 2500만 원! 공터 앞, 골목 첫째 집, 1층!' 이라는 문구를 정성껏 써서 들고 나와 붙일 곳을 찾았다.

우선 대문 앞에 한 장을 붙일 생각이었다. 그러나 손수 붙이자니 영 남우세스러워, 마침 대문 앞에 앉아 있는 순심을 불렀다.

순심은 단비가 연습하는 바이올린 소리를 감상하느라 넋을 놓고 있어서 공팔봉 씨의 소리를 듣지 못한 모양이었다. 단비는 엄마에게 야단을 맞아 가며 바이올린 연습을 하는 중이었다. 단비는 바이올린 연습보다 인형 눈을 달아 주는 걸 백 배는 더 재미있어 하지만, 순심은 단비가 인형에게 눈을 달아 주는 것보다 바이올린 연주할 때가 훨씬 좋았다.

끼기이 끼기이……

듣기에 따라서는 매우 귀에 거슬리는 소리였다. 순호는 단비의 바이올린 소리를 들을 때마다 진저리를 쳤다. 세상에서 제일 끔찍한 소리라고 생각했다. 새벽에 듣는 할멈의 괴성만큼이나 지긋지긋했다.

하지만, 순심에게는 이 세상에서 제일 아름다운 소리처럼 들렸다. 사실, 순심은 바이올린 소리를 무척 좋아했다. 순심의 방에는 고물 라디오가 하나 있는데, 그 라디오는 하루 종일 클래식만 나오는 채널에 고정되어 있다. 처음 중고로 살 때부터 그 곳에 맞춰져 있었고, 순심은 라디오는 원래 그런 소리만 나오는 거라고 생각하며 아무런 불만 없이 들었다. 처음에는 따분했지만, 계속 듣다 보니 그 소리가 참 듣기 좋았다.

"야가 귀까지 묵었나. 봐라! 니 내 말 안 들리나!"

공팔봉 씨가 소리를 꽥 지르자 그제야 순심은 고개를 들었다.

"자, 요놈 요거, 요기다가 이쁘게 한번 붙여 봐라. 붙이는 건 니 전공 아이드나. 뭘 꾸물거리노, 퍼떡 붙이지 않고!"

순심은 공팔봉 씨가 가리키는 곳에 마분지를 붙였다. 재미 있었다.

한편, 순호는 돈을 모두 잃고 푸념을 늘어놓던 아버지를 떠올리며 마냥 걸었다. 광땡을 나오게 한 신이 원망스러웠다. 아버지가 그토록 간절하게 빌고 갔는데…….

문득, 고개를 들어보니 막다른 골목이었다. 막다른 골목에는 바람이 길을 찾지 못하고 맴을 돌다 꼬마 회오리가 되어 먼지를 말아 올리고 있었다.

속이 울렁거렸다. 아주 매운 걸 삼키고 싶었다. 아주 매운……. 담배 같은…….

피워 본 적이 있었다. 수학여행 가서 같은 반 친구들과 몰래 피워 보았다. 코가 맵고 목이 따끔거려서 혼이 난 이후로는 입에도 대기 싫었다.

그런데 그 매운 담배를 지금은 피울 수 있을 것 같았다.

꼬마 회오리바람을 발로 마구 밟아 버렸다. 먼지를 피워 올리던 꼬마 회오리바람은 곧 흔적도 없이 사라졌다.

순호는 벽에 등을 기대고 서서 하늘을 바라보았다. 지붕에 가려 하늘이 잘 보이지 않았다.

그 시간, 공팔봉 씨와 순심은 동네를 돌면서 눈에 잘 띌 만한 곳에 전세 광고지를 모두 붙이고, 마지막으로 밤에도 잘 보일 수 있도록 가로등 바로 밑에 붙이고 있었다.

"어디 보자. 음, 잘 붙었네."

공팔봉 씨는 두어 걸음 물러나 감상하듯이 종이가 잘 붙었는지 확인했다.

공팔봉 씨가 순심에게 수고했다며 천 원짜리 한 장을 주려는데 순심이 소쿠리를 옆구리에 끼고 걸어오고 있던 엄마를 발견하고 달려갔다.

"안녕하신게라!"

순호 엄마는 지친 표정으로 소쿠리를 순심에게 건네 주고 공팔봉 씨에게 인사를 했다.

"나야 안녕 못할 것도 없지만서도……."

"아구구 다리야!"

공팔봉 씨는 벤치에 펑퍼짐한 엉덩이를 걸쳐 놓는 순호 엄마에게 가로등 밑에 붙어 있는 마분지를 가리켰다.

"앉기 전에 요놈부터 먼저 읽어 보소."

"요고시 뭣이오! 공터 앞, 골목 첫째 집 일 층이먼 영감님 댁인디, 영감님 이사 가씨오?"

"내가 와 이살 가노!"

"여긴 분명히 일 층이라고 적혀 있는디……."

"반지하면 일 층이나 다름없지, 뭘."

"하이구 영감님두, 농담 마씨오. 이 년 계약하고 들어왔응게 안즉 일 년 더 남았는디요."

"그야 그렇지만도, 전세금을 몽땅 빼 갔는데 계약이 무신 소용이고."

"전세금을 빼 가다니……, 먼 소릴 해쌌는지 당최 모르겠네요이."

"댁 신랑이 전세금을 빼 갔다 말이라."

"으미미미, 또 일 터졌는갑네!"

"내외간에 충분히 의논이 된 일인 줄 알았다마 그기 아인 모양이지. 난 또다른 데 이사를 가려나 했네. 모든 사연은 순호 아베한테 물어 보마 자세히 대답해 줄 기구마. 우예 대끼나 빠른 시일 내로 방이나 빼 주게. 에헴!"

불똥이 튀기 전에 공팔봉 씨는 대문 안으로 부리나케 사라졌고, 순호 엄마는 땅바닥에 철퍼덕 주저앉아 한탄했다.

"하이고 요것이 웬 마른하늘에 날벼락이당가! 이 일을 워쩐당가! 워쩐당가! 하이고 엄니이, 이 일을 워째야 쓰꺼라."

순호 엄마는 혼이라도 빠진 사람처럼 이리 갔다 저리 갔다 안절부절못하며 공터에 서서 내내 남편을 기다렸다. 밤이 깊어서야 술이라도 한잔했는지 붉돔 같은 얼굴로 남편이 나타나자 반갑게 맞이하며 물었다.

"순호 아부지, 주인 영감탱이가 노망이 들었는지 시상에 요 상시럽고 말 같잖은 소리를 합디다. 순호 아부지가 전셋돈을 몽땅 빼 갔담서 순호 아버지를 생각딱지라곤 없는 인간으로 몰 잖겠소이."

"…… 그려, 나는 생각딱지도 없는 인간이여."

"고것이 뭔 소리다요. 그람, 그 말이 모다 참말이란 말요!"

순호 엄마는 다시 한 번 바닥에 털썩 주저앉았다.

"아이고 엄니이, 이 일을 우째야 쓰께라. 길바닥으로 나앉게 되야 부렀소, 엄니이이!"

가슴을 콩콩 치며 한탄을 하던 순호 엄마는 갑자기 용수철 처럼 튀어 올라 남편의 멱살을 잡고 흔들었다.

"어떻게 마련한 전세금인디 고걸 그래 쏙 빼먹어 버려야. 너 죽고 나 죽자! 찾아와. 내 돈, 내 돈 찾아와아!"

옷자락으로 코를 쓱 닦고 가라앉은 목소리로 순호 엄마는 말했다.

"나 인자 순호 아베랑은 도저히 못 살겠소. 갈라섭시다!"

"내가 쥐일 넘이여."

"그료. 눈에 안 띄는 곳에 가서 칭이 죽어 뿌소. 아이고 엄니

이이, 하늘이서 뭘 하시오. 나가 요로코롬 되아 불도록 가만 보고만 있어야 쓰겄난 말요오오."

"어디 초상났나, 동네가 와 이래 시끄럽노!"

공팔봉 씨는 일이 어떻게 되어 가는지 궁금해서 밖으로 나와 아무것도 모른다는 듯이 능청을 떨었다.

공팔봉 씨를 보자 순호 엄마는 바람같이 달려가 악을 썼다.

"누가 노름돈 대 주랬소, 전셋돈을 누구 맘대로!"

"이 여편네가 와 이카노. 세입자가 전세금을 달라 카마 주인 된 입장으로서는 줘야 되는 기라. 넘들은 우째 생각하는지 몰라도 내는 그렇다. 나 원, 돈 주고 욕묵고, 이기 무신 억울한 경우고."

"그람 지들은 워디 가서 워쩌게 살란 말요."

"그거야 내 알 바가 아니지! 요새 시골에는 빈 집이 쌔비렸다 카더라만서도……"

"차차 갚아 디릴 팅게 쪼까 말미를 주씨오, 영감님!"

"말미? 당연히 줘야지. 내일 당장 나가라 할 수야 있나. 방 나가마 그 때 나가소. 한 달은 안 걸리겠나. 이번에는 노름을 하는지 안 하는지 단단히 보고 사람 들일 기라. 새벽에 들락날락해쌌는지도 보고, 식구 많아도 못 쓰지만, 식구 중에 정신 온전하지 않으마 안 받을라꼬. 좀 까다롭게 고르다 보마 한 달은

95

족히 걸릴 기라. 두 달이 걸릴 수도 있겠지만서도, 노름꾼이 뭐 그리 흔하겠어."

"영감님, 그러지 마시고, 쪼까 더 말미를 주씨지요. 도둑질을 하지 않은 담에야 두 달 만에 돈 이천오백을 워쩌케 구한다요."

"이것저것 다 봐 주마 나는 뭐 묵고 살라꼬."

"똥 팔아서 쌀 사 묵을 노오옴!"

언제 나타났는지 할멈이 공팔봉 씨 턱 밑으로 머리를 쑥 들이밀며 버럭 소리를 질렀다.

"몬된 자슥! 늙어 갈수록 우야마 저래 즈그 아부지하고 똑같이 닮아 가노."

할멈은 멀쩡한 정신으로 아들을 책망하고, 순호 엄마를 달랬다.

"걱정 말그라. 내가 다 알아서 할 기구마. 드가그라. 다들 방으로 안 드가고 뭐 하노!"

제정신으로 돌아온 할멈의 일갈에 공팔봉 씨조차 감히 대거리할 엄두를 내지 못했다.

그 사이 순호 아버지는 슬그머니 사라져 버렸다. 뒤늦게 그 사실을 알아차린 순호 엄마는 땅바닥에 퍼질러 앉아 한참 동안 넋두리를 늘어놓다가 집으로 들어갔다.

모두 흩어지고 난 뒤, 텅 빈 공터에는 공허만이 가득했다. 하늘에는 초저녁 별빛이 가물거렸다.

순호가 정적이 감도는 텅 빈 공터로 터벅터벅 들어섰다.

저녁 바람이 공터를 휘젓고 지나갔다. 낙엽 하나가 살려 달라는 듯 순호의 발목에 매달렸지만, 이내 칼바람의 손길에 끌려가고 말았다.

순호는 벤치에 가 앉았다.

2미터 앞의 어느 한 곳에 무심한 시선을 부려 놓은 채 움직이지 않았다. 미동도 않고 30분가량 그렇게 앉아 있었다.

한참 만에야 무슨 생각이 들었는지 벌떡 일어섰다. 시선은 여전히 2미터 앞에 꽂혀 있었다.

시선을 따라 2미터 앞으로 걸어갔다.

순호는 발 밑을 내려다보며 한참을 그대로 서 있었다.

순호의 발 앞에는 주먹만 한 돌멩이 하나가 얌전히 놓여 있었다. 지금껏 시선을 부려 놓았던 바로 그 돌멩이였다.

허리를 굽혀 돌멩이를 주워 들었다.

싸늘한 냉기가 전해졌다.

'언제부터 이 곳에 있었던 것일까. 왜 하필이면 이렇게 구질구질한 곳에 자릴 잡고 있게 된 걸까. 스스로 원해서 이 곳에 있게 된 것은 아닐 테지. 떠나고 싶겠지. 지금 여기, 바로 여기

만 아니라면 그 어디라도 상관 없겠지.'

　순호는 문득, 홱 뒤로 돌아 돌멩이를 집어 던졌다.

　가로등은 몹시 불안한 듯, 심하게 깜빡였다.

　다음 순간, 픽! 소리와 함께 공터는 칠흑 같은 암흑으로 변했다.

　느티는 눈을 질끈 감았다.

욕쟁이 할멈의 저주

"우야꼬, 우야꼬! 이 일을 우야마 좋노! 삼신 할매 면상이 먹빛이대이. 이 일을 우야마 좋노! 난리가 날 긴데, 우환이 닥치올 긴데……. 삼신 할매 얼굴에 먹칠하고 이 동네 잘 될 줄 아나. 벼락을 맞을 기다. 두고 보거래이! 우환이 몰리올 기다! 우환이!"

다음 날 새벽, 다른 날처럼 치성을 드리러 나왔던 할멈은 가로등이 깨져 있는 것을 발견하고 신 내린 무당처럼 동네를 향해 우환을 경고하고 저주를 퍼부었다.

그 저주의 가장 큰 피해 당사자는 할멈 자신이었다.

"아이고 배야, 아이고! 아이고 배야! 삼신 할매요, 와 이카는교! 얼라를 뺏아 가마 나는 우야능교!"

마치 정말 유산이라도 한 것처럼 할멈은 배를 움켜잡고 식은땀을 흘리며 땅바닥을 뒹굴었다.

우환은 할멈으로 그치지 않았다.

단비 엄마가 쪽지 한 장 남기지 않고 사라져 버렸고, 그 사실을 알게 된 공팔봉 씨는 거의 반미치광이처럼 날뛰었다. 젊은 놈과 바람이 나서 달아난 것이라고 여기며 동네에서 젊은 사람만 보면 시비를 걸고 넘어졌다. 단비 또한 갑자기 사라져 버린 엄마로 인해 깊은 슬픔에 잠기게 되었다. 순호 엄마는 며칠째 소식이 없는 남편과 전셋돈 마련을 놓고 걱정 근심으로 잠을 이루지 못했으며, 순심은 순심대로 엄마의 잦은 짜증과 손찌검에 시달려야 했다.

가로등지기라고 예외는 아니었다.

가로등이 깨어지던 그 날, 가로등지기는 경찰이 다시 나타날까 무서워 공터로 돌아오지 못하고 여기저기 떠돌다가 새벽이 다 되어서야 공터로 돌아왔다. 가로등지기는 경찰이 이 세상에서 제일 무서웠다. 왜 그렇게 무서운지 자신도 알지 못했다. 경찰만 봐도 가슴이 뛰고 안절부절 불안해서 어쩔 줄 몰라 했다. 단비와 노는 모습을 보고 단비 엄마가 소리를 지르는 바람에 마침 순찰하던 경찰이 나타나자 가로등지기는 자신도 모르게 달아나기 시작했고, 경찰들은 수상쩍게 생각해 뒤를 쫓다가 곧 포기했다. 가로등지기는 그것도 모르고 숨이 턱에 닿을 때까지 달리고, 달리고, 또 달렸다.

밤이 깊을 때를 기다려 공터에 왔을 때, 깨어진 가로등을 보고 가로등지기는 몹시 슬펐다. 무서웠다. 그는 불안과 공포에 오들오들 떨며 벤치 위에 쪼그리고 앉아 무릎을 껴안은 채 꼬박 밤을 새웠다.

욕쟁이 할멈이 삼신 할매라고 믿고 있는 가로등이 깨졌기 때문에 마을이 우환에 빠지게 되었는지, 그저 우연에 불과한 일인지는 알 수 없으나, 가로등이 깨어진 뒤로 너브대 사람들, 특히 공터 근처에 살고 있는 사람들에게 우환이라고 할 만한 걱정과 근심거리가 덮쳐 온 것만은 분명했다.

마을 사람들 중, 가로등이 깨졌기 때문에 우환이 찾아왔다고 믿는 사람은 거의 없었으나, 밤길을 다닐 때 불편하기도 했거니와 공터에 불량배라도 어슬렁거리게 될까 봐, 가로등이 깨진 것을 달가워하는 사람은 아무도 없었다.

종말을 예언하며 다니던 전도사만이 깨어진 가로등을 발견하고 흥분해서는 소리쳤다.

"드디어 심판의 그 날이 다가왔습니다. 타락한 세상을 벌하기 위해 우리의 주인이신 그가 왔습니다. 사탄의 눈을 멀게 하심은 주님이 오신다는 증거가 아니고 무엇이겠사옵니까! 주님의 뜻대로 하소서! 사탄이여, 그대는 영원히 암흑 속을 헤매게 될지어다!"

할멈이 몸져눕고 가로등지기마저 불안과 공포에 질려 오들오들 떨기만 하자 그 누구도 공터를 청소하거나 관리하는 사람이 없게 되었고, 일 주일도 지나지 않아 공터는 황량하고 을씨년스럽기 짝이 없는 폐허로 변해 갔다.

가로등 발치에는 유리 파편이 어지럽게 널려 있었고, 화려하진 않으나 곱게 물들어 가던 쥐똥나무도 이파리들을 모두 떨어뜨린 채 앙상한 몰골이었다.

더 이상 빛을 발하지 못하는 가로등은 고목에 매달린 북어 대가리처럼 이물스러웠다.

누군가가 남몰래 버린 쓰레기들이 조금씩 그 부피를 불려 가고 있었고, 순호의 자전거도 버려진 쓰레기처럼 빛을 잃어 갔다.

순호는 가로등을 깨뜨린 이후, 신문 배달도 그만두고, 학교도 잘 가지 않았다. 지금껏 학교에서 졸망정 지각 한 번 한 적 없었던 순호였으나 지각은 물론 결석까지 했다. 학교에 출석하더라도 조퇴를 하기 일쑤였다.

가로등을 깨뜨린 지 나흘째 되는 날, 순호는 가출을 결심했다.

황량하고 쓸쓸한 바람 한줄기가 불어 와 쓰레기더미를 헤집더니 비닐봉지 하나를 찾아 내어 저 쪽으로, 한사코 저 쪽으로 내몰았다.

느티는 바람에 떼밀려 가는 비닐봉지를 바라보며 깊은 슬픔을 느꼈다.

느티는 언제나
목매달기 딱 알맞은 높이

"오, 옴마, 때리지 마! 아프다! 아프다! 옴마!"

대문에서 순심이 맨발로 후닥닥 달려나오며 빗자루를 들고 그 뒤를 쫓아 나오는 엄마에게 애원했다.

"그 돈이 워떤 돈인디, 그걸 줘야!"

멀리 달아날 생각도 않고 적당한 거리를 유지한 채 손바닥을 비비며 빌고 서 있는 순심에게 순호 엄마는 동네 사람들 귀를 의식해서 목소리를 억누른 채 소리를 질렀다.

"니가 시방 정신이 온전히 백힌겨! 늬 아부지 노름할 중 빤히 알문서 그 돈을 덥석 줘 부냐, 요 벵신 겉은 것아! 그 돈이 워떤 돈이여! 늬가 인형 눈알 붙여 주고 한 푼 두 푼 모은 돈 아녀!

아이고매 속 터져, 나 죽겠네!"

"옴마, 울지 마! 자, 잘못했어! 오, 옴마!"

"순심아, 때리지 않을 팅게, 바른 대로 말혀! 그 돈, 느그 아부지 안 줬제? 암만 생각해두 그럴 리가 음써! 느그 아부지 그럴 만큼 나쁜 사램은 아니거든! 돈 안 줬제?"

순호 엄마는 살살 달랬다.

"응."

순심은 거짓말을 하면 나쁜 사람인 줄 알지만, 엄마를 위해 선뜻 거짓말을 했다.

"그람, 그 돈 워쨌냐? 어따 썼는지 대답햐, 야단치지 않을 팅게. 그 돈 느그 아부지 줬냐? 괜찮어. 바른 대루 대답햐!"

순호 엄마는 달래듯 부드럽게 물었다. 엄마의 부드러운 표정에 안심하고 순심은 바른 대로 대답했다. 거짓말을 하지 않게 해 준 엄마가 고마웠다.

"…… 아부지 약 사 묵으라구 드렸어."

"에라이, 등신 겉은 것! 죽어라! 죽어! 차래리 저놈 낭구에다 목이라도 딱, 매고 죽어 뿌러!"

순호 엄마는 방심하고 있던 순심에게 쫓아가 빗자루로 등을 마구 후려갈겼다. 순심은 매질을 피해 공터 쪽으로 달아났다.

"오메 시상에, 요런 인간 말종인 중은 미처 몰랐네요이! 내

이 인간을 철창 속에 집어넣고 말라네!"

순호 엄마는 더 이상 순심을 따라가지 않았고, 남편을 찾아 무작정 달려갔다.

순심은 고목 뒤에 숨어 여차하면 다른 곳으로 달아날 양으로 엉덩이를 빼고 있었다. 마을 쪽으로 달려가는 엄마의 발자국 소리가 들려 왔다. 안심이었다.

그제야 발이 아프다는 걸 깨달았다. 가로등 밑에 흩어져 있던 유리 파편을 밟은 모양이었다. 피가 났다. 벤치에 앉아 발바닥을 살펴보았다. 엄지발가락 밑에 작은 유리 조각 하나가 박혀 있었다. 투명한 유리 조각을 타고 핏줄기가 흘러 나왔다. 손으로 유리 조각을 잡아 뺐다. 차가운 아이스크림을 갑자기 삼켰을 때처럼 뒷골이 섬뜩하다.

누군가 자기를 내려다보고 있는 것 같아 머리 위를 올려다보았다. 가로등이 미안하다는 듯한 표정으로 내려다보고 있었다.

'괜찮아! 네 탓이 아닌걸 뭐!'

순심은 가로등을 올려다보며 씨익, 웃어 보였다.

장님이 되어 버린 가로등이 불쌍했다. 초겨울 바람이 앙상한 가로등 주위를 흔들고 지나갔다. 순심은 추위를 느끼며 벤치에서 일어났다. 유리 파편들을 피해 공터를 빠져 나갔다.

대문을 향해 발걸음을 내딛다 말고 우뚝, 멈춰 섰다. 천천히 뒤로 돌아서서 가로등을 보았다.

'차래리 저놈 낭구에다 목이라도 딱, 매고 죽어 뿌러!'

순심은 잠깐 동안 꼼짝도 않은 채 멍하니 서서 가로등을 보다가 대문으로 들어갔다.

잠시 뒤 대문을 열고 나왔다. 여전히 잠옷 차림에 맨발이었다. 손에는 동아줄 한 타래가 들려 있었다.

순심은 동아줄을 든 채 발걸음을 내딛었다. 순심의 손에 들려 있던 동아줄의 한쪽 끝이 툭, 떨어져 땅바닥에 질질 끌렸다.

순심의 맨발을 따라가던 동아줄이 뚝, 멈췄다. 가로등이 매달려 있는 느티 앞이었다.

순심은 가로등을 한번 올려다본 뒤, 자전거를 밟고 느티 위로 올라가 나뭇가지에 동아줄을 걸고, 목에 동아줄을 칭칭 감은 뒤, 일말의 주저함도 없이 아래로 뛰어내렸다.

"아, 아, 아, 아, 아, 안 돼!"

바로 그 때, 깊고 거친 외마디 비명이 공터에 울려 퍼졌다.

비명이 터져 나온 공터 앞에는 가로등지기가 놀란 눈을 하고 서 있었다.

비명을 지른 것은 바로 가로등지기였다. 재채기 인형의 목소리가 아닌, 가로등지기 자신의 목소리였다. 며칠 만에 공터를 찾았다가 순심을 발견하고 비명을 질렀던 것이다. 비명은 인간의 목소리가 아니라 저 깊은 땅 밑에서 울려 나온 것 같았다.

가로등지기의 비명 소리가 여운을 남기며 사라져 가기도 전에, 나무에 걸쳤던 동아줄은 스르르 풀렸고, 순심은 곧장 땅바닥으로 떨어졌다. 동아줄을 제대로 나무에 묶지 않았던 것이다.

땅바닥으로 떨어진 순심은 기절이라도 했는지 움직이지 않았다. 동아줄이 뱀처럼 순심의 목을 휘감고 있었다.

가로등지기는 때마침 노름판에서 남편을 찾지 못하고 돌아오는 순호 엄마를 발견하고는, 쓰러져 있는 순심을 발을 동동 거리며 가리켰다.

"요것이 뭔 일이다냐! 오메메 시상에!"

순호 엄마는 순심을 발견하고 날듯이 한달음에 달려가 딸의 목에 감긴 동아줄을 풀어 냈다.

"순심아아아이! 순심아아아아이! 정신 채려! 순심아, 죽으면 안 디야! 에미는 워째 살라고! 아이구 순심아아아아아이!"

순호 엄마는 딸을 부여안고 눈물조차 흘리지 못하며 마른 목소리로 통곡을 했다.

순심이 눈을 떴다.

"순심아! 정신이 든겨? 나가 누군지 알아보겠냐? 나가 누구여?"

순심은 곧 엄마를 알아보았고, 순호 엄마는 감격해서 딸을 으스러지도록 껴안았다. 그제야 봇물 터지듯 눈물이 펑펑 쏟아졌다.

"아이구 하느님, 부처님, 감사합니다! 감사합니다! 어디 보자 내 새끼! 괜찮여? 괜찮은겨?"

"아퍼! 목 아퍼!"

순심은 캑캑거리며 목이 아프다고 칭얼거렸다.

순호 엄마는 갑자기 신고 있던 신발을 벗어 들고 순심의 등을 후려갈기기 시작했다.

"죽어라! 죽어, 이년! 에미가 두 눈 시퍼렇게 뜨고 있는디 지가 먼저 죽겠다구 목을 매! 오냐 그랴, 에미 보는 디서 죽어 봐라! 어여! 니가 안 죽으면 나가 죽을란다!"

순호 엄마는 동아줄로 자신의 목을 휘감았다.

순심은 엄마에게서 동아줄을 빼앗아 달아나며 죽지 말라고, 잘못했으니 죽지 말라고 애원했다.

순호 엄마는 온갖 설움이 한꺼번에 몰려와 땅바닥에 퍼질러 앉은 채 한참을 통곡했다.

가로등은 나뭇가지에 대롱대롱 매달린 채 흔들렸다.

자그락! 자그락!

바람 한 톨 불지 않건만, 신음 소리를 냈다.

느티는 참담했다. 목이라도 매고 싶었다. 슬펐다. 너무 슬퍼서, 밤새 우우, 소리내어 울었다.

가출

'가출하는 게 아니라 돈 벌러 가는 거예요. 조금도 걱정하지 마세요. 직장 구하자마자 전화 드릴게요. 엄마! 제발, 울지 마세요. 10만 원 가져갑니다. 아들 순호 올림.'

가로등을 깨트린 지 나흘째 되는 날, 순호는 엄마의 지갑과 장롱을 뒤져 10여 만 원의 돈을 훔쳐, 집을 나왔다. 그 동안 신문 배달을 하며 저축했던 통장과 도장도 챙겼다. 가능하면 이 돈은 쓰지 않을 생각이었으나 혹시 필요할지도 모르는 일이었기에 가슴 깊이 넣어 두었다.

너브대를 벗어나자 날아갈 것만 같았다. 기분이 좋았다.

서울에 도착했다. 서울은 언제 보아도 활기찼다. 너브대에

서 한 시간 반도 채 걸리지 않는 곳인데도 너브대와는 완전 딴
판이었다. 성공한 사람들로 넘쳐났다. 종종 가로등지기처럼 실
패한 사람들이 보이긴 했으나 드물었다.

잠깐 동안만이라도 모든 걸 잊고 싶었다. 엄마도, 아빠도, 누
나도, 가난도, 학교도, 모두 잊은 채 성공한 사람들과 그들이 만
든 도시를 감상했다.

가출한 기념으로 게임을 한 판 하고 싶었으나 꾹꾹 눌러 참
았다. 우선, 일자리를 구해야 하니까.

자장면 배달을 하고 싶었다. 배달이라면 자신 있었다. 게다
가 매일 맛있는 자장면을 먹을 수도 있지 않은가.

마침 배도 고프고 해서 중국집에 들어갔다. 자장면 한 그릇
을 천천히 비웠다. 자장면은 언제 먹어도 맛있었다.

돈을 계산할 때, 배달할 사람을 구하지 않는지 용기를 내어
물었다.

주인은 순호를 아래위로 훑어보더니 잔돈을 건네 주며 없다
고 했다.

'내가 이래 봬도 신문 배달만 이 년이에요, 사람을 몰라보시
는군!'

기분이 조금 상했지만, 괜찮았다. 중국집은 많았으니까.

본격적으로 중국집을 찾기 시작했다. 중국집에 취직해서 숙

식을 해결한 뒤에, 가능하다면 새벽에 신문이나 우유도 배달할 작정이었다.

신이 났다. 그 동안 학교를 다니면서는 단 한 번도 느끼지 못했던 자신감이 솟아올랐다. 걸음도 가벼웠다. 웃음이 자꾸 터져 나오려 했다.

드디어 '배달원 모집! 숙식 제공!' 이라고 적혀 있는 중국집을 발견했다. 꽤 널찍하고 괜찮아 보였다. 안으로 들어갔다. 아까 퇴짜를 맞았던 곳과는 비교도 안 될 만큼 깨끗했다.

"경험은 있니?"

카운터에 앉아 있던 40대 중반쯤 되어 보이는 아저씨가 물었다.

"예! 신문 배달을 오 년이나 했고, 자장면 배달도 이 년이나 했어요."

물론 거짓말이었다.

"어려 보이는데 꽤 경력이 많구나. 배달은 잘하겠네. 일은 별로 힘들지 않을 거야. 근데 너 몇 살이니?"

"열…… 일곱요!"

열여섯이라고 할걸, 너무 높이 불렀나?

"나이보다 몸집이 작네!"

"힘은 세요!"

"좋아, 그럼 당장 배달 한 번 하고 와라. 저기 아파트 보이지? 여기 동이랑 호수 있으니까 얼른 다녀와!"

"예!"

날아갈 것 같았다. 월급이 얼마나 될지 궁금했다. 150만 원쯤 되지 않을까. 생각만 해도 입이 쩍 벌어진다. 아니야, 150을 준다고 하면, 200을 요구할 거야. 그러면 한 180 주겠다고 하겠지. 그러면 못 이기는 척 받아 주는 거야.

횡 하니 다녀왔다.

"벌써 갔다 왔니? 무척 빠르구나. 보기보다 잘하는데!"

카운터의 아저씨가 칭찬을 해 주었다. 어깨가 으쓱한다.

"아까 말한 애가 얘예요?"

카운터 앞에서 전화를 걸던 30대 중반쯤 되는 아주머니가 전화를 끊고 카운터 아저씨에게 순호를 턱으로 가리키며 물었다.

"너무 어리잖아요."

"사장님, 하지만 동작이 엄청 빠른데요?"

카운터 아저씨가 아주머니에게 대답했다.

"이런 애를 썼다가 다치기라도 하면?"

아주머니의 말에 아저씨를 뒷머리를 긁적였다.

"너 집이 어디니?"

아주머니의 갑작스런 질문에 순호는 말문이 막혔다.

"너 가출했지?"

"아, 아니요!"

"집 전화번호 대 봐!"

"전화…… 엄마 지금 집에 안 계시는데요!"

"그래도 전화번호는 있을 거 아냐!"

"…… 사장님, 저 잘할 수 있어요. 월급은 조금만 주셔도 돼요."

"옛다! 이 돈으로 맛있는 거 사 먹고, 해 떨어지기 전에 얼른 집으로 돌아가!"

배달 한 번에 만 원이라! 짭짤하네! 이렇게 스무 군데만 다녀도 20만 원!

만 원을 왼쪽 양말 안에 넣었다. 만약을 위해 오른쪽 양말 안에도 만 원을 넣어 두었다. 갑자기 세상이 돈짝만 하게 보였다. 퇴짜를 맞았지만, 기분이 그리 나쁘지만은 않았다. 오히려 오늘 안으로 일자리를 구할 수 있을 거라는 자신감이 생겼다. 다른 중국집을 찾아 걸음을 재촉했다.

아마 스무 군데는 찾아 다녔나 보다. 그러나 불행히도 해가 저물도록 일자리는 구하지 못했다. 부모님 모셔 와라, 신분증 있냐, 신분증이 없으면 집 주소랑 전화번호를 대라……. 거의 될 것 같다가도 신분을 묻는 부분에서 퇴짜를 맞기 일쑤였다.

그나마 그렇게 일자리를 줄 것 같은 곳은 고맙기라도 했다. 어린애는 안 써, 경찰 부르기 전에 집으로 돌아가라, 공부나 열심히 해……. 숫제 어린애 취급을 하거나, 구걸하는 거지로 취급하는 경우도 허다했다.

결국 일자리를 구하지 못한 채 밤을 맞이했다. 서울의 밤은 휘황찬란했다. 낮과 다름없이 활기가 넘쳤다. 순호는 낮에 가졌던 자신감을 조금씩 잃어 가고 있었다. 우울했다. 집으로 돌아갈까도 생각해 보았다. 지금 들어간다면 엄마보다 먼저 집에 도착할 수도 있다. 화장대 위에 올려두었던 쪽지를 찢으면 오늘 일은 없었던 일이 되는 것이다. 가져온 돈 10만 원도 그대로가 아닌가.

그러나 그럴 수 없었다. 일자리를 구하기 전에는 결코 집에 돌아가지 않을 작정이었다. 다시 한 번 각오를 다졌다.

밤이 깊어졌다. 순호는 한참을 갈등하다가 피시방으로 들어갔다. 한 시간에 700원 하는 곳이었다. 밤을 샌다 해도 여관비보다 저렴했다. 정신없이 게임에 빠져들었다. 오랜만에 마음껏 게임을 즐겼다.

그러는 동안, 어느새 날이 밝았다. 밖으로 나갈 때가 된 것이다. 일자리도 구해야 하고……. 그런데 그제야 잠이 쏟아지기 시작했다. 여관비를 아끼기 위해 피시방으로 왔지만, 잠을 못

잔다는 생각은 하지 못했다. 그렇다고 피시방에서 잘 수도 없는 노릇이었다. 게임을 하든 안 하든, 돈을 내야 하니까. 할 수 없이 쏟아지는 잠을 쫓으며 자리에서 일어났다.

그런데 이게 어떻게 된 일인가! 의자 뒤에 걸어 두었던 외투가 사라지고 없었다.

하늘이 노랗게 변하는 듯했다. 지난 생일날 엄마가 큰 돈 들여 사 준 오리털 파카가 아니던가. 몇 번 입지도 못했다. 게다가 그 속에는 지갑과 장롱을 뒤져 가져온 돈과 배달해서 모은 돈을 저축한 통장과 도장이 들어 있었다.

카운터에 앉아 있는 청년에게 달려가 옷이 없어졌다며 울면서 호소했다.

청년은 순호가 앉았던 곳으로 와서 여기저기 살펴보았으나 찾을 수 없었다. 주인도 아니고 아르바이트생에 불과했던 청년은 몹시 낭패스러워하더니 파출소에 신고를 했다.

파출소에 신고를 하는 모습을 보고 순호는 피시방을 빠져나갔다. 경찰이 온다고 해서 옷을 찾는다는 보장도 없거니와, 가출한 사실만 들통나게 될 게 뻔했으니까.

순호는 피시방 근처를 서성거리며 주위를 살폈다. 자신의 것과 비슷한 파카를 발견하면 미친 듯이 달려가 확인해 보았으나 번번이 허탕이었다.

길바닥에 주저앉아 엉엉 울고 싶었다. 막막하고 답답했다. 출근 시간이어서 종종걸음을 치는 사람들에게 이리저리 떼밀리며 무작정 앞으로 밀려 나갔다.

이제 남은 돈은 양쪽 양말 속에 각각 만 원씩 넣어 두었던 비상금 2만 원이 전부였다. 하루도 버티기 힘든 돈이었다. 피시방에 들어간 걸 뒤늦게 후회했으나 이미 엎질러진 물. 더 늦기전에 집으로 돌아갈까, 고민에 빠져 지하도를 걷다가 문득, 순호의 시선을 끄는 게 있었다. 복권 가게였다.

한참을 망설이다가 오늘 저녁에 추첨하는 로또 복권을 구입했다. 가게 주인은 순호가 청소년이라는 사실을 눈치챘으나 별로 개의치 않았다.

한 시간이 넘도록 고민하고 또 고민해서 번호를 선택했다.

힘이 생겼다. 아무것도 먹지 않았으나 신기하게도 전혀 배가 고프지 않았다.

당첨될 확률이 벼락을 맞을 확률보다 적다는 건 들어서 잘알고 있었다. 그러나 그 벼락에 맞은 사람이 여럿 있다는 것도 안다. 그 벼락을 내가 맞지 말라는 법도 없지 않은가.

1등 당첨은 바라지도 않는다. 1등에 당첨되길 바라는 건 정신 나간 짓이다. 2등이나 3등은 충분히 가능성이 있다.

당첨이 된다면 얼마나 좋을까, 우리 가족이 당장 행복해질 수 있을 텐데…….

왠지 느낌이 좋았다. 당첨이 될 것만 같았다. 당첨이 되면 복권을 엄마에게 선물할 작정이었다. 엄마는 기뻐서 덩실덩실 춤을 출 것이다. 아니, 어쩌면 너무 좋아서 기절할지도 모른다. 아버지가 노름을 하겠다고 조금만 달라고 하면 어쩌지? 그건 안 된다. 단 한 푼도 주지 않을 테다. 단 한 푼도. 대신, 갖가지 묘목을 파는 농원을 차려 드려야지. 아버지는 나무 박사니까.

기적이 일어나지 않으면 어쩌지! 일어나면 어쩌지!

불안하고 초조했다. 시간은 더디 흘렀다. 마치 나무늘보 같았다. 해는 좀처럼 서쪽으로 넘어갈 생각이 없는 듯했다.

추첨 세 시간 전, 찜질방으로 들어갔다. 텔레비전 앞에서 움직이지 않았다. 주말 저녁이라 사람들이 많았다. 텔레비전 앞에 모인 사람들은 뭐가 그렇게 재미있는지 연신 키득거렸다. 예전에는 재미있게 보았던 프로그램이었으나 어쩐 일인지 너무나 시시했다.

문득, 걱정이 되었다. 당첨이 되었을 때, 자신도 모르게 만세라도 외치게 되면 사람들이 몰려들 테고, 그러다 깔려 죽을 수도 있지 않은가. 침착해야 한다. 마치 아무런 일도 일어나지 않은 것처럼 슬그머니 일어나 밖으로 나와야 한다.

연습을 해 보았다. 내가 선택한 번호가 하나씩 맞아떨어진다. 연습이지만, 가슴이 터질 것만 같다. 열 번쯤 연습을 하자, 그제야 담담할 수 있었다. 이제 당첨의 순간을 기다리기만 하면 된다.

엄마와 함께 은행에 가서 당첨금을 찾아 너브대 마을로 들어선다. 엄마가 좋아서 덩실덩실 춤을 춘다. 공팔봉 아저씨가 부러워서 미치겠다는 표정으로 바라본다. 공터에 근사한 5층짜리 집을 짓는다. 가로등지기를 청소부로 고용해서 수백 개나 되는 유리 전등을 닦게 한다. 외국의 유명한 의사에게 뇌수술을 받은 순심 누나는 정상으로 돌아와서 대학생이 된다. 누나는 인형처럼 예쁘다. 멋진 남자들이 누나와 사귀고 싶어 안달한다.

드디어 추첨 시간. 갑자기 소변이 마려웠다. 참는다.

순식간에 모든 것이 끝났다. 기적은 일어나지 않았다. 3등은 커녕 5등도 못했다. 숫자 두 개를 맞추었을 뿐이다.

억울하고 원통했다. 숫자가 아주 조금씩 빗나갔던 것이다. 쓸까 말까 고민했던 숫자도 자그마치 세 개나 되었다. 숫자 두 개를 맞췄으니까 세 개를 더 맞추었다면 숫자 다섯 개는 맞출 수 있었다는 얘기다.

1등 당첨 숫자 여섯 개가 머릿속에서 떠나지 않았다.

어디서든 돈을 구해 와서 다시 한 번, 딱 한 번만 더 시도하고 싶었다. 이번에는 틀림없이 될 것 같았다.

찜질방을 나와 무작정 걸었다. 얼마나 걸었을까, 갈증이 나서 지하철 공중 화장실로 갔다. 냄새나는 수돗물을 차마 마실 수는 없었다. 입 속에 물을 머금었다 내뱉었다. 세수를 했다. 문득 고개를 들어 거울을 보았다. 거울 속에 아버지의 얼굴이 있었다. 이 세상에서 가장 닮기 싫은 얼굴. 겁이 많아 보이는 크고 쌍꺼풀진 눈, 창백한 볼, 뾰족한 턱……. 언제 생겼는지 미간의 체크무늬 주름살까지 아버지를 쏙 빼닮았다. 보는 사람들마다 아버지와 닮았다고 했으나 인정하고 싶지도 않았다. 좁은 이마와 살짝 튀어나온 광대뼈, 납작한 코는 엄마를 닮았건만 사람들은 알아채지 못했다. 그것이 몹시 속상했다. 아버지를 닮았다는 소리는 이 세상에서 가장 듣기 싫은 소리였다. 엄마와 닮고 싶었다. 특히 엄마의 쌍꺼풀 없는 눈을 닮고 싶었다. 사람들은 나에게서 볼 만한 건 눈밖에 없다고 말했지만, 쌍꺼풀진 눈은 정말이지 싫었다. 나중에 돈이 생기면 가장 먼저 수술을 할 작정이었다. 쌍꺼풀 제거 수술.

화장실을 나오며 이틀 동안 아무것도 먹지 못했다는 사실을 깨달았다. 꼬르륵 소리가 정말 크게 울렸다. 마주쳐 오던 사람이 웃을 정도로 컸다. 그리고 보니, 저 쪽에 서 있는 사람도 이 쪽으로 걸어오는 사람도 모두 비웃고 있었다. 너브대 잠충이라고 놀리는 것 같았다. 아버지를 쏙 빼닮은 너브대 잠충이! 너브대 잠충이! 순호는 고개를 푹 숙인 채 땅만 보고 걸었다.

이제는 정말 집으로 돌아갈 수도 없었다. 엄마에게 호되게 맞을 게 뻔했다. 반 아이들의 놀림도 심해지겠지. 너브대 잠충이, 가출했다가 알거지 되어 돌아오다! 아이들은 마구 비웃을 테고, 송이도 따라 웃겠지. 춥다.

오리털 파카만 믿고 셔츠 위에 털 스웨터 하나만 걸치고 나온 것을 후회했다. 팔꿈치가 툭 불거져 나오고, 색깔도 촌스러운 싸구려 스웨터를 입은 자신의 몰골이 창피했다.

지하철 2호선을 타고 하루 종일 돌고 또 돌았다. 밤이 되면 근린공원의 벤치를 찾아가 잠을 자고, 다시 아침이 되면 지하철 2호선을 타고 땅 속을 뱅뱅 돌았다.

그렇게 삼 일이 지났다. 그 동안 아무것도 입에 넣지 못했다. 지하철 화장실의 수돗물 몇 모금을 마신 게 전부였다.

오늘은 그 곳에 가 볼 작정이었다.

한강 둔치!

예전에 가족과 함께 나들이를 와 본 적이 있었다. 그 때, 순호는 배가 터지도록 맛있는 걸 많이 먹었다. 그리고 핫도그 하나를 떨어뜨렸다. 배가 부르지 않았다면 주워서 흙을 털고 먹었을 테지만, 그대로 버려 두고 왔다.

벌써 3, 4년 전의 일이니까 남아 있을 리 없겠지만, 순호는 기적을 바라며 그 곳을 찾아볼 생각이다. 사람도 천 년 동안 썩지 않고 미라가 된다는데, 핫도그라고 미라가 되지 말라는 법이 없지 않은가.

그런데 그 곳이 어디인지 통 기억이 나지 않았다. 게다가 걷기가 너무 힘들었다. 한강 둔치가 이토록 넓은 곳인 줄은 미처 몰랐다. 아무리 걸어도 도무지 끝이 없었다.

결국, 과거에 떨어뜨린 핫도그를 찾는 것은 포기하기로 했다. 대신, 과거에 순호 자신이 그랬듯 누군가 떨어뜨린 핫도그를 줍기로 했다. 왜 진작 그 생각을 못했는지 한심하다.

땅만 보고 걸었다. 그러나 아무리 눈을 씻고 찾아보아도 떨어진 핫도그는커녕 과자 부스러기 하나 보이지 않았다.

이번에는 핫도그를 들고 있는 아이의 주변을 서성였다. 핫도그를 땅에 떨어뜨리기를 간절히 바라며……. 그러나 그런 일은 일어나지 않았다.

이해할 수 없었다. 여섯 명의 아이 중에 단 한 명도 핫도그를 떨어뜨리지 않다니! 세상에 그런 법이 어디 있단 말인가!

아이 옆으로 다가가 핫도그를 떨어뜨리게 하고 싶었다. 아니, 훔쳐 달아나고 싶었다.

하지만, 힘이 없었다. 뛰어 달아날 힘은커녕, 서 있기조차 힘

겨웠다.

비둘기 모이를 주는 사람들이 눈에 띄었다. 비둘기를 쫓고 그 모이를 주워 먹고 싶었다. 그러나 차마 그럴 용기는 생겨나지 않았다.

왜 사람들은 비둘기에게는 모이를 주면서 배가 고파 쓰러질 것 같은 자기에게는 먹을 걸 줄 생각을 하지 못하는지 이해할 수 없었다.

문득, 좋은 생각이 떠올랐다. 비둘기를 잡아먹자. 살금살금 비둘기에게 다가갔다. 그러나 좀처럼 잡히지 않았다.

돌멩이 하나를 주워 들었다. 모이를 먹고 있는 비둘기를 향해 조심조심 다가갔다. 돌을 던지려고 오른팔을 들어올렸다. 팔이 부들부들 떨렸다. 비둘기를 향해 돌을 던지려는 순간, 비둘기가 하늘로 날아올랐다.

손에서 돌멩이가 툭, 하고 떨어졌다.

바로 그 때, 낯익은 사람이 시야에 들어왔다.

가로등지기!

가로등지기는 찐 옥수수를 손에 들고 한 알갱이씩 떼어 먹으며 이 쪽으로 걸어오고 있었다. 한 알갱이를 입에 넣고 아주 오래오래 오물거렸다. 저렇게 먹는다면 한 달이 걸려도 다 못 먹을 것 같았다. 나라면 5초 안에 다 먹을 수 있을 텐데. 5초 안에 못 먹는다면 한강에 빠뜨려도 좋다.

순호는 가로등지기를 향해, 아니 옥수수를 향해, 한 걸음 한 걸음 힘겨운 걸음을 내디뎠다.

서너 걸음으로 좁혀지자 가로등지기도 순호를 알아보았다.

가로등지기가 환하게 웃었다.

웃지 마. 널 죽여서라도 옥수수를 뺏을 테다!

두 사람은 그렇게 잠시 동안, 서로를 바라보았다.

"어쩌다 저렇게 거지꼴을 하고 나타났을까. 아저씨보다 더 심한걸. 사흘은 굶은 얼굴이잖아."

재채기 인형이 불쑥 튀어나오며 쫑알거렸다. 가로등지기는 다급하게 인형의 입을 틀어막았으나 한 발 늦었다.

순호가 다가와 멱살이라도 잡을까 두렵다. 그러나 다행히 순호는 한 발짝도 내딛지 않은 채 제자리에 서 있기만 했다.

"학생이 공부는 하지 않고 왜 거리를 싸돌아댕겨. 에미 속께나 썩이겠군."

인형이 다시 쫑알거렸다.

순호는 좀 전에 떨어뜨렸던 돌멩이를 찾아 고개를 숙였다.

어지러웠다. 그리고, 바닥으로 풀썩, 허물어졌다.

모닥불과
아파트 불빛

한강 둔치에서 허물어지듯 쓰러진 순호는 두어 시간 만에 깨어나 가로등지기가 구해다 준 미음을 먹고, 꼬박 하루를 계속해서 잠만 잤다.

"어이, 가출 소년! 굶어 죽다 살아난 기분이 어때?"

재채기 인형이 잠에서 깨어난 순호를 향해 비아냥거렸다.

"이제 그만 집으로 들어가시지!"

순호는 아무런 대꾸도 하지 않았다.

재채기 인형이 몇 번이나 집으로 돌아가라고 했으나 여전히 아무런 대답이 없었다.

가로등지기는 고민이 아닐 수 없었다.

그 때, 재채기 인형이 가로등지기에게 귓속말을 했다.

가로등지기는 무릎을 딱, 치며 고개를 끄덕였다.

"머리를 좀 써, 머리를! 머리는 뒀다 못 박을 때 쓸 거야?"

재채기 인형이 가로등지기에게도 비아냥거렸다. 가로등지기는 씩, 웃으며 뒤통수를 긁을 뿐이었다.

가로등지기는 재채기가 가르쳐 준 대로 순호 아버지를 이 곳으로 조용히 불러 와야겠다고 생각했다. 그는 순호 아버지가 어디에 있는지 알고 있었다. 이 곳에서 그리 멀지 않은 공사장이었다. 순호 아버지는 그 곳에서 막노동을 했다. 우연히 그 옆을 지나다가 일을 하고 있는 것을 보게 되었다.

오늘 그 곳에 다시 가 보았으나 순호 아버지는 보이지 않았다. 혹시 집으로 돌아갔나 해서 급한 마음에 순호네 집까지 가 보았지만, 역시 만날 수 없었다. 화장실에 갔을 수도 있는데 너무 성급하게 집으로 온 게 아닐까 뒤늦게 후회가 되었다. 그렇다고 다시 순호에게 가자니 시간이 없었다. 순호 엄마라도 모셔 갈까 했지만, 이미 너무 늦은 시간이었다. 날이 밝으면 그렇게 해야겠다고 생각하고 오늘 밤은 하는 수 없이 공터에서 보내기로 했다.

날씨가 유난히 추웠다.

땅을 파서 모닥불 자리를 만든 뒤 검불로 첫 불을 붙였다. 검불 위에 마른 낙엽을 올리고, 그 위에 잔가지들을 올렸다. 금세 작은 모닥불 하나가 생겨났다.

구걸 깡통만 한 앙증맞은 모닥불을 피워 놓고 가로등지기는 손을 녹였다. 모닥불을 큼지막하게 피워도 되련만 가로등지기는 욕심을 부리지 않았다.

가로등지기는 모닥불을 쬐며 무심코 고개를 들었다. 도로 너머 아파트 단지의 휘황찬란한 불빛이 보였다. 길바닥에 쓰러져 죽어 가는 남자를 못 본 척 지나쳐 가는 눈길처럼 아파트의 불빛은 무심했다.

아파트 불빛은 제 안의 온기를 나눠 주지 않으려는 듯 날카롭고 차가운 빛을 쏘아 댔다. 강렬한 빛을 쏘아 댈 뿐, 가까이 다가가 손을 내밀어도 온기를 느낄 수 없다는 걸 가로등지기는 잘 알고 있었다. 불빛을 좇아 온기를 기대하고 다가섰다가 온기는커녕 면도날보다 섬뜩하고 싸늘한 냉기를 맛보고 돌아오지 않았던가.

가로등지기는 고개를 숙여 모닥불을 응시했다. 아파트의 빛과는 달리 모닥불은 따스한 온기를 밖으로 내뿜고 있었다. 손을 쬘 수 있는 모닥불이 있어 가로등지기는 오늘 무척 행복했다. 생쥐 볼가심만 한 작은 모닥불이지만 더 바랄 게 없었다.

가로등지기는 모닥불이 꺼지지 않도록 낙엽과 나뭇가지 몇

개를 올려놓았다.

모닥불을 바라보다가 깜빡 졸았던 모양이다. 한쪽으로 쓰러질 뻔하며 깨어났다.

어느새 모닥불은 사위어 재만 남았다. 어딘가에서 바람이 불어 와 재를 날려 버렸다.

"어허허흐흐!"

그 때였다. 웃음인지 울음인지 알 수 없는 소리가 들려 왔다.

그 소리가 들려 온 곳은 공팔봉 씨의 집이었다. 가출한 아들 걱정에 울고 있는 순호 엄마의 목소리인 줄 알았으나 아니었다.

느티는 그 소리가 무서웠다.

시체 놀이

"어허허흐흐!"

이게 무슨 소리일까. 순심은 눈을 비비고 일어나며 귀를 기울였다. 한 번 자면 누가 떠메고 가도 알지 못하는 순심이었으나 최근에는 통 깊은 잠을 이루지 못했다. 집을 나간 아버지와 순호가 걱정이 되었던 것이다.

보고 싶었다. 그리고 밥을 해 주고 싶었다. 맛있게 밥을 먹는 모습이 보고 싶었다.

"요것이 뭔 소리디야."

엄마도 그 소리를 들은 모양이다.

엄마는 새벽이 다 되도록 잠을 이루지 못하고 순호의 사진을 들여다보며 훌쩍이고 있었을 것이다.

엄마가 불쌍하다. 불쌍한 엄마를 두고 오지 않는 아버지가 조금 밉다. 순호는 많이 밉다. 밉지만 불쌍하다. 순호도 불쌍하고, 아버지도 불쌍하다.

단비도 불쌍하다. 욕쟁이 할머니도 불쌍하고, 공팔봉 씨도 불쌍하다. 순호의 자전거도 불쌍하다. 느티는 정말 불쌍하다. 그리고 미안하다. 그냥 미안하다. 나만 행복하다. 그래서 미안하다.

엄마가 밖으로 나가는 소리가 들렸다.

따라서 나갔다.

"어허허허흐흐!"

밖으로 나오자 그 소리가 더욱 크게 들렸다.

무섭다. 잽싸게 엄마에게 다가가 엄마의 옷자락을 잡고 바짝 뒤따라간다.

2층 현관문을 열자 파랗게 질려 있던 단비가 앙, 울음을 터트렸다. 단비를 꼬옥, 껴안아 주었다. 너무 놀라서 울지도 못하고 있었던 모양이다. 울음보가 한 번 터지자 그칠 줄 몰랐다.

공팔봉 아저씨가 욕쟁이 할머니 방에서 어깨를 들먹이며 울고 있는 모습이 보였다. 욕쟁이 할머니에게 볼기라도 맞은 걸까? 할머니는 공팔봉 아저씨의 엄마니까, 공팔봉 아저씨를 때렸을 수도 있다. 얼마나 아팠을까? 공팔봉 아저씨가 불쌍하다.

"하, 할, 머, 머니가 주, 죽었어!"

서럽게 울면서 단비가 말했다.

할머니가 죽어? 공팔봉 아저씨의 엄마가 죽은 거네! 공팔봉 아저씨가 정말 불쌍하다. 만약 우리 엄마가 죽는다면 나는 너무너무 슬퍼서 따라 죽을지도 모른다. 엄마가 죽는 건 정말 싫다. 차라리 내가 죽는 게 훨씬 좋다. '내가 죽어야 이 꼴 저 꼴 안 보지.' 엄마는 툭하면 그런 말을 한다. 내가 제일 싫어하는 말이다. 아빠에게 돈을 줬던 날, 엄마는 지금까지 중에서 제일 많이 화가 난 것 같았다. 그 때 엄마가 정말 죽을지도 모른다는 생각이 들었다. 그래서는 안 된다. 엄마가 죽으면 나도 슬프지만 아버지와 순호가 너무너무 슬퍼할 테니까. 엄마가 없으면 순호는 고아가 된다. 그래서 내가 죽기로 했다. 내가 죽어도 고아가 될 아이는 없으니까.

단비를 데리고 단비의 방으로 들어갔다. 단비 엄마가 집을 나간 뒤로 거의 매일 단비와 붙어 지냈기 때문에 단비의 방은 이제 익숙하다. 처음 단비의 방에 들어왔을 때는 얼마나 놀랐는지 모른다. 온갖 인형들과 곰돌이 푸 벽지와 공중에 매달려 있는 나비들과 재미있는 그림책이 온 방을 가득 채우고 있었던 것이다.

방으로 들어오자 단비는 "엄마!"를 부르며 침대에 가서 엎드려 통곡을 했다. 순심도 따라서 눈물을 흘렸다. 순심은 잉잉, 서럽게 울었다.

"언니는 왜 울어?"

자기보다 더 서럽게 우는 순심을 보고 단비가 물었다.

왜 울었더라? 울기는 울고 있는데 왜 우느냐고 물으니까 왜 울었는지 기억이 나지 않는다. 그래서 울음을 멈추기로 했다. 그런데 잘 멈춰지지 않았다.

"뚝! 뚜욱!"

단비가 순심의 어깨를 두드려 주며 위로했다.

울음을 멈추자 딸꾹질이 이어졌다.

"언니, 내가 비밀 하나 알려 줄까?"

"비밀?"

"공팔봉 씨 이름이 뭔지 알아? 바로 팔봉이야, 팔봉이. 공팔봉! 히히히……."

"히히히히……."

단비를 따라 웃었다.

"웃기지, 언니!"

웃기지는 않지만 웃으면서 고개를 끄덕여 주었다. 아저씨의 이름은 벌써 알고 있었다. 엄마는 언제나 주인 아저씨를 공팔봉 씨라고 불렀다. 노랭이 구두 뒤축 같은 인간이라고 할 때도 있었고, 문둥이 콧구녕에 박힌 마늘쫑도 빼먹을 인간이라고 할 때도 있었지만, 주로 공팔봉 씨라고 했다.

"욕쟁이 할머니가 어제 이랬어. 우리 아들 팔봉이가 집 지었다꼬 오라 캤다. 고사 지낸다꼬 오라 캤다. 그러니까 공팔봉 씨가, 팔봉이 여기 있는데 이 야밤에 어딜 가겠다는 말인교, 그랬어."

단비가 공팔봉 씨 흉내를 냈다.

"히히히……."

단비는 공팔봉 씨 흉내를 잘 낸다. 똑같다.

"언니도 우습지. 아들을 옆에 두고 아들을 찾아가겠다는 욕쟁이 할머니도 웃기고, 이름이 팔봉이라는 것도 웃기지. 히히히히……. 욕쟁이 할머니가 한복 입은 거 못 봤지. 다른 사람 같더라. 나비처럼 예쁘더라."

"나비처럼 예뻐? 정말? 나도 보고 싶다."

"보러 갈까?"

"응."

"따라 와."

거실로 나갔다.

엄마는 전화를 하고 있었다. 단비와 함께 살금살금 걸어서 할머니가 누워 있는 문간방으로 다가갔다.

방에는 공팔봉 아저씨가 등을 보인 채, 방바닥에 엎드려 앉아 할머니의 손을 대구 쓰다듬고 있었다.

할머니는 똑바로 누워 잠든 것처럼 움직이지 않았다. 연보라색 치마에 색동저고리를 입은 할머니의 모습은 정말 나비처럼 보였다.

어어! 할머니가 나비로 변해서 날아간다!

참 예뻤다.

"방에 들어가서 얌전히들 있지 왜 나왔어. 어여 들어가! 어여!"

전화하던 엄마한테 들켰다.

"긍게 싸게 와 주셔야 쓰겄구만이라. 지야 이웃에 사는 사람잉게 음식 장만이야 쪼까 거들 수 있제만, 일가친척붙이가 나서야 장례를 제대로 치를 수 있지 않겄소. 딸네들한티 전화를 했는디 워째 받들 않는구만요. 그 쪽에서 연락을 취해 주셔야 쓰갔는디……. 야, 그람 그리 알고 전화 끊겠네요."

엄마는 전화를 끊고 나서 중얼거렸다.

"내 코가 석 잔디, 시방 뭘 짓거리다냐. 돌아가신 양반 생각하면 나 몰라라 할 수도 없고……. 에그, 참말로 인정시런 분이셨는디……. 좋은 시상에 가서 아들 많이 낳고설랑 맘 편히 사

시겠지. 아, 여보시오. 여그 공팔봉 씨 댁인디요……."

엄마의 전화는 끝날 줄을 몰랐다.

단비와 도로 방으로 돌아와서 시체 놀이를 했다. 방 안을 빙글빙글 뛰어다니다가 '시작!'을 외치면 그 자리에서 픽, 쓰러져 죽는 시늉을 하는 놀이였다. 너무너무 재미있었다. 처음엔!

그러나 세 번째 시체가 되어 쓰러졌던 단비가 '그만!' 하지도 않았는데, 슬그머니 일어나 앉더니 "나 안 할래!" 한다.

"또 하자! 또 하자! 재미있다!"

아무리 재촉을 해도 단비는 싫다고 한다. 순심은 혼자서 마구 뛰어다니다가 스스로 '시작!'을 외치며 픽, 쓰러져 누웠다. 다리 하나는 침대 위에 올리고, 쿵 소리가 나도록 머리를 바닥에 찧으며 쓰러져 움직이지 않았다.

"우리 엄마도 욕쟁이 할머니처럼 날 찾으러 오다가 죽었으면 어떡하지? 일어나서 나한테 오고 싶은데, 죽었으니까 움직일 수 없어서 내 이름만 부르고 있을지도 몰라. 울면서!"

그예 단비는 흐느끼기 시작했다.

순심도 시체처럼 누운 채 슬퍼져서 입술을 실룩거렸다. 혹시 순호도 죽은 게 아닐까, 죽었기 때문에 집으로 오지 못하고, 엄마를 부르면서 울고 있는 건 아닐까…….

눈물이 왈칵 쏟아졌다.

단비는 '엄마!' 를, 순심은 '순호야!' 를 부르며 흐느꼈다.
창밖의 느티도 '우우!' 소리를 내며 흐느끼고 있었다.

집으로 돌아온 아버지와 아들

다음 날, 가로등지기는 순호 엄마를 아들 순호가 있는 곳에 모셔 가기 위해 애를 썼으나 실패했다.

가로등지기가 보기에, 순호 엄마는 순호의 가출을 별로 걱정하는 눈치가 아니었다.

"그 집 아들 아직도 안 들어왔다면서, 속이 말이 아니겠네. 착실해 보이더니 가출을 다하고……. 얌전한 고양이 부뚜막에 먼저 올라간다더니……."

이웃집 아주머니 중에 이렇게 걱정을 해 주면,

"넘으 고양이가 부뚜막에 올라앉건 천정에 거꾸로 매달리건 염려 말고, 댁들 자식들이나 잘 건사햐. 우리 아들은 아무

걱정 없잉게. 사내대장부가 한 며칠 콧구녕에 바람도 쐴 수 있는 것이제."

퉁을 주고는 조금도 걱정하는 기색 없이 바쁘게 움직였다.

가로등지기는 아들이 있는 곳을 말해 주기 위해 순호 엄마 곁으로 다가갔다가 말은 붙여 보지도 못하고, 손에 이끌려 공 팔봉 씨네 집 한 귀퉁이에서 국밥만 얻어먹고 나와야 했다. 워낙 바삐 움직여서 말을 붙여 볼 짬이 나지를 않았던 것이다.

가로등지기는 할 수 없이 순호 아버지가 일하던 곳으로 다시 찾아가 보았다. 다행히 그 곳에서 순호 아버지를 만날 수 있었다. 재채기 인형의 입을 통해 순호가 있는 곳을 알려 주었다. 순호 아버지는 하던 일을 팽개치고 한달음에 달려갔다.

순호가 집을 나간 지 아흐레 되던 저녁에 순호 아버지는 아들 순호의 멱살을 잡아끌고 집 앞 공터에 나타났다.

"놔요, 이거!"

순호는 아버지의 손에 끌려오다 팔을 뿌리쳤다. 아버지가 오른손을 높이 쳐들었다. 그러나 쳐든 손을 부들부들 떨고만 있을 뿐, 내려치지는 못했다.

"그려, 미안허다! 나가 무신 자격으로 널 때리겠냐."

순호 아버지는 손을 슬그머니 내리고서 벤치에 가 앉으며 젖은 목소리로 말을 꺼냈다.

"허나 니넘이 그러면 안 되는겨. 니 엄니를 생각혀야지. 너는 엄니를 보살펴 드려야잖겠냐 말이다. 순호 니넘 잘못 되면 느 엄니는 못 산다. 너두 잘 알겠지만서두, 느 엄니 너 하나 보구 살잖냐."

순호 소식이라도 들을까 해서 파출소에 다녀오던 순호 엄마는 허탕을 치고 집으로 돌아오다 공터에서 남편의 목소리를 듣고 살금살금 다가갔다. 집을 나갔던 남편과 아들의 모습이 보였다. 둘 다 멱살을 쥐어틀고 패대기를 쳐 주고 싶었지만, 남편이 아들을 훈계하는 중인 것 같아 잠시 참기로 했다.

"느 엄니, 고생 참 직싸게도 많이 혔다. 느 엄니 아니었음 우리 식구 모두 버얼써 쪽박 차구 길거리에 나앉았을 것여……."

순호 아버지는 하늘을 향해 한숨 섞어 담배 연기를 내뿜었다.

"시골에서 농사 져 묵고 살 때가 그래두 좋았는디……. 그렇게 이쁘고 똑똑하던 순심이 저것이 콜라병에 따라 둔 농약을 홀짝 마시구선 저렇게 되잖었겠냐."

콜라병! 농약!

그래서, 그래서 그랬구나! 순호는 콜라병에 대한 기억 하나가 떠올랐다.

초등 학교 1학년 가을 운동회 때, 콜라를 병째로 들고 마시고 있는데, 비명을 지르며 달려와, 콜라병을 빼앗아 바닥에 내던지던 누나. 나는 그런 누나의 정강이와 옆구리를 걷어차고, 팔뚝을 피가 나도록 물어뜯지 않았던가. 아직도 누나의 왼쪽 팔뚝에는 이빨 자국이 흐릿하게 남아 있었다.

"고향이고 머시기고 정나미가 딱 떨어져 불더라. 그 길루 집 팔구 전답 팔아설랑 미련 읎이 고향 등지구서 서울로 올라온 겨. 서울이라는 데가 워디 나 겉은 무지랭이가 살 만한 곳이디 냐. 언제 봉게 여그 너브대까장 밀려났더라. 인자 여그서두 밀려나야 할 판이다야, 허! 이럴 중 알았음 고향이서 땅이나 파 묵고 살 것인디……"

순호 아버지는 입 안에 머물고 있던 담배 연기를 길게 내뿜었다.

"고향이선 읎이 산단 소린 안 듣구 살었구먼. 헌디, 서울 옹게 그지 중에서두 상그지 축에 낑기더란 말여. 처음 발 디딜 때만 허두 젊은 혈기에 서울 돈을 몽땅 쓸어모으고 싶었제. 한몫 잡아서 느 엄니 존 데 귀경도 시켜 주구, 느들 맛난 것두 멕여 주구, 또 순심이년 벵도 고치 주구, 그러구 싶었구먼……"

순호 아버지의 담배 끝에서 연기가 모락모락 피어올랐다.

"생각이 짧았던겨! 느 엄니 허구한 날 돈 타령을 해싸도, 막상 투전으로 딴 돈을 줘 봐라, 넙죽 받을 것 같냐! 천만의 말씀이다! 느 엄니 돈 타령해싸두, 깨끗지 않은 돈 받아 쓸 사램은 아니거든. 모르긴 혀두, 시상 욕이란 욕을 죄다 퍼부어 댈 것여. 허허, 느 엄니 욕 하나는 허벅지제! 그래도 악한 맴은 없응게. 나가 시방꺼정 느 엄니랑 살문서, 뒤통수에다 대고 넘 욕허는 걸 보지 못했다. 앞이서는 바른 말을 톡톡 쏴 대지만서두 뒤에서는 절대루 그러지 않는단 말이시. 공자콩 맹자콩 멋 좀 배웠다고 콩콩 찧어 대는 눔덜, 느 엄니에 갖다 대면 암것두 아녀. 부처님 말씸이 워떻구, 야수님 말씸이 워떻구 해 봐야, 느 엄니 허벅진 욕 한 바가지보다 못한겨."

순호 아버지의 담배 끝에 붙어 있던 길다란 재가 아래로 뚝, 떨어졌다.

"니넘헌티 이런 소리하기 멋하지만서두, 빠져 죽어 불라고 한강에 갔잖겄냐. 난간에 다리 하나를 척 올려 놓고 있자니……. 나 같은 것이야 없어지면 가정적으로나 국가적으로나 이로운 일이 되겄지만서두, 월셋방 전전할 느 엄니허구 느그들이 눈앞에 아른거려서 차마 못 뛰어내리겄더라."

담배가 필터까지 타 들어갈 동안, 아무런 소리도 들리지 않았다.

"순호야! 공부 다시 시작허먼 안 되겄냐! 엄니 생각해서라두 말이다. 나두 인자 느 엄니 속 안 썩힐겨. 모르지, 요로케 맴 묵어 놓고 화투장에 또 손을 댈는지! 그 땐 참말로 한강에 빠져 죽든가, 가로등에 목을 매든가 혀야겄제."

순호 아버지는 벤치에서 일어났다. 가로등 발치에 흩어져 있던 유리 파편이 밟혀 뽀드득, 소리를 냈다.

"워떤 넘이 등을 깨 놔 부렀구나! 전구를 사다 껴야겄다. 느엄니 밤늦게 오다 엎어질라."

순호는 땅에다 고개를 떨군 채 움직이지 않았다.

"춥다! 들어가그라 고만!"

"들어가긴 워딜 들어가!"

순호 엄마가 불쑥 끼어들었다.

"제 발로 집을 나갈 적에는 연을 끊자고 나갔을 거 아녀. 하늘을 나는 연도 줄 끊어지면 다시 붙이기 힘든 법이제. 남편이든 자식 새끼든 없다 생각하고 살기로 작정했응게, 그리들 아시오."

"이보오, 임자⋯⋯. 나야 안 들어가두 상관 읎어. 그렇잖아두 돈 벌기 전에는 발걸음도 하지 않을 참이여. 허지만, 순호는 당신이 돌봐 줘야제."

"한 입 가지고 두말하기 귀찮소. 인자 내 자식은 순심이 하나뿐이오."

"뭘 그렇게 뻗히 서 있어, 이눔의 자식아! 당장 무릎 꿇고 잘

143

못했다고 빌지 않구서!"

순호 아버지가 호통을 쳤다.

"그런다고 끊어진 연줄이 이어진답디까. 일 없응게, 여기 이라고 섰지 말고 다들 제 갈 길 찾아가시오. 순호 너도 에미 없다 생각하고 살어라. 어여, 가지 않고 뭐 혀!"

순호 엄마의 목소리는 여느 때와 달리 시종일관 차분하게 가라앉아 있었다.

"자, 나가 무릎 꿇었어. 무릎 꿇었당게. 여보, 나가 잘못혔어. 순호야, 나가 잘못혔다. 죽일 놈은 나여!"

"어째 그리 못났소. 자식 새끼 앞에서 무릎을 꿇는 애비가 세상천지 워디 있답디까. 눈꼴 시렁게 당장 인나시오. 남우세시럽소."

순호 엄마가 남편의 팔을 우악스레 잡아끌어 도로 일으켜 세웠다.

"돈 벌기 전에는 발걸음도 하지 않을 참이라고라. 흥! 을매나 떼돈을 벌어 올랑가 워디 봅시다. 나두 요노무 살림 탕탕 뽀사 뿔고 돈이나 벌로 나갈 꺼나! 집을 나가기만 하면, 돈베락이 떨어지는 모양인디……. 아, 멀쩡한 집구석 내비 두고 나가서 벌어 본들 갱빈(길바닥)에 뿌리는 돈이 더 많을 거인디, 어느 천 년에 돈을 모은댜. 거리 귀신이 씌었나, 워찌게 된 것이 모다 밖으로 나돌라구 이라는가 모르겠네."

갑자기 불똥이 순호에게 튀었다.

"순호야, 집 나갈게 그렇게 좋더냐? 나두 바깥 귀경 쫌 시켜 다오! 집이 싫어서 나갔을 터인디, 집구석은 뭣 하러 왔냐. 못난 에미 애비 보기 싫어서 나갔으면 잘 살아 볼 것이제 집구석은 멋하러 기어들어왔냐. 가그라! 너 같은 자슥 없다 치면 됭게, 니 하고 젚은 디로, 니 가고 젚은 디로 가!"

"집을 나갈라구 나간 것이 아니라 집안이 어수선혀서 친구 집에서 공부혔다누만 그랴!"

순호 아버지는 아들의 역성을 들어 주고 나서, 아내를 대신해서 아들에게 야단을 쳤다.

"전화라두 줘야 걱정을 않을 거 아녀! 또 이런 일 있으먼 가만 안 놔 둘껴! 얼렁 들어가잖구 뭣 하구 섰어!"

순호 아버지는 고개를 떨군 채 아무런 대꾸도 않고 서 있던 순호를 집으로 밀어 넣었다.

순호 엄마도 더 이상 나서지 않고 내버려 두었다.

부자가 집으로 들어가자 순호 엄마는 부러진 가로등에게 '부처님, 예수님, 신령님! 감사합니다! 자식 돌려 주셔서 감사합니다!' 마음 속으로 기도를 올리고서 찬거리라도 사려고 가게로 향했다.

가로등은 바람에 흔들거리며 나뭇가지에 부딪히며 딸그락거렸다. 절집 처마 끝에 매달린 풍경처럼 그 소리가 깊고도 맑았다.

기다리는 사람과 기다릴 게 없는 사람

순호는 집으로 돌아왔으나 표정이 어두웠다. 그렇잖아도 말수가 없었는데 집으로 돌아온 뒤로는 아예 입을 닫았다.

가출을 하기 전에는 무엇이든 하면 될 수 있다는 막연한 자신감이 있었다. 적어도 아버지나 가로등지기처럼 패배자가 되지 않을 자신은 있었다. 그러나 이제는 아버지나 가로등지기와 같은 패배자가 될 수도 있다는 두려움과 해도 안 된다는 절망감이 순호의 가슴 속에 암세포처럼 자리를 틀고 있었다.

아버지의 설득에 감복해서 집에 있기로 한 것은 아니었다. 배가 고프고 추워서, 단지 그래서였다. 가로등지기의 도움이 아니었으면 굶어서 죽었거나 얼어서 죽었을 것이다. 가로등지기로부터 어디에 가면 공짜로 먹을 게 생기는지, 어디에서 잠을 잘 수 있는지, 배울 수 있었다. 물론 굶어 죽지 않을 만큼, 얼어 죽지 않을 정도의 온기였지만.

순호가 생각하기에, 그렇게 굶으면서도 도둑질과 강도질을 하지 않고 구걸을 해서 먹는 사람은 성자이거나 바보가 틀림없었다. 차라리 도둑질을 하다가 들켜 감옥에 가면 밥이라도 꼬박꼬박 먹을 수 있고, 어디서 자야 할지 고민할 필요는 없어질 텐데, 그들은 남의 것을 훔치거나 뺏으며 사느니 굶어 죽는 쪽을 택했다. 대신, 그들은 지독한 게으름뱅이였다. 일을 하겠다는 생각은 손톱만큼도 없었다. 그들의 가슴에는 미래에 대한 희망이 없었던 것이다.

그리고 지금 순호가 그러했다. 희망을 잃어버렸다. 희망 대신, 그 자리에 노력해도 될 수 없다는 절망감이 뿌리를 내리고 있었다.

만사가 귀찮았다. 학교에 다니는 것도, 신문을 배달하는 것도……. 심지어 먹고 마시는 것까지도…….

가출을 하기 전까지만 해도, 하고 싶은 것이 너무 많아서 탈이었는데, 이제는 하고 싶거나 되고 싶은 것이 아무것도 없었다. 모든 것이 부질없게 여겨졌다.

집으로 돌아온 뒤, 순호는 학교를 잘 나가지 않았다. 나가더라도 핑계를 대고 조퇴를 하기 일쑤였다.

학교 대신 순호가 가는 곳은 느티 위였다. 할멈이 돌아가시고 가로등지기도 떠나자 느티는 이제 온전히 순호 차지였다.

그러나 조금도 즐겁지 않았다.

그저 남의 눈에 띄지 않는 곳에 숨어 있고 싶을 뿐이었다.

느티는 굵지는 않지만 나뭇가지가 촘촘히 있어서 유심히 보지 않으면 순호의 모습이 보이지 않았다.

순호는 집을 등진 자리에 쪼그리고 앉거나 나뭇가지에 비스듬히 누워 시간을 보냈다.

오늘도 순호는 학교에서 조퇴를 하고서 느티 위에 올라가 멍한 눈길로 너브대의 밋밋한 풍경을 하염없이 바라보고 있었다.

왼손 검지가 간지러워 내려다보니 잡고 있던 곁가지에 개미 한 마리가 기어가다가 손가락 장애물을 만나자 이리 갔다 저리 갔다 방황하고 있었다.

순호는 개미를 손바닥 위에 올라오도록 유인했다.

개미는 순호의 손바닥을 열심히 기어다녔다.

"바보!"

순호는 개미에게 작은 소리로 말해 주었다.

'넌 지금 어디로 가고 있니? 목적지가 어디야? 왜 기어가고

있어? 행복을 찾니? 행복이 있을까?'

순호는 개미가 손바닥과 손등을 오가는 것을 바라보며 개미에게 속엣말을 건넸다.

'엄마는 내가 대학에 들어가기를 바래. 하지만, 난 알아, 불가능하다는 걸. 초등 학교 입학한 뒤, 지금까지 난 단 한 번도 상위권에 들어 본 적이 없잖아. 처음에는 내가 노력을 하지 않아서, 머리가 모자라서 그런 줄로만 알았어. 하지만, 지금은 그렇지 않다는 걸 알아. 공부를 잘하려면 부자여야 해.'

개미가 검지 끝에 올라가 잠시 걸음을 멈추고 너브대의 밋밋한 풍경을 바라본다.

순호도 개미를 따라 시선을 옮겼다.

'육 년 동안 초등 학교를 다니면서 보았어. 공부를 잘하는 애들은 거의 대부분 부자야. 반대로 공부를 못하는 애들은 가난하고. 물론 예외는 있지. 가난하면서도 공부를 잘하거나 부자이면서 공부를 못하는 경우 말이야. 하지만 예외는 예외일 뿐이야. 숫자가 적다는 얘기지.'

개미는 어느새 팔뚝으로 올라오고 있었다. 순호는 개미를 오른손 엄지와 검지로 집어 들고 노려보았다.

'따져 볼까? 만약에 아이큐가 똑같은 두 아이가 있다고 치자. 한 아이는 가난한 집에서 태어나고, 다른 아이는 부유한 집에서 태어나서 자랐어. 부유한 집 아이는 엄마 뱃속에서부터 태교도 하고, 유치원에 다니기 전부터 엄마랑 인형극도 보러 다니고, 만화 영화도 보러 다니고, 피아노도 배우고, 초등 학교 들어가기 전에 이미 한글은 물론 구구단까지 외워. 하지만 가난한 집 아이는 어떨까? 난 단 한 번도 엄마 손을 잡고 영화관에 가 본 적이 없어. 피아노도 칠 줄 모르고, 한글도 잘 몰랐어. 초등 학교 입학하면서부터 차이가 나기 시작했지. 이 학년, 삼 학년이 되면서 점점 차이가 나더라. 육 학년이 되니까 도저히 따라갈 수 없었어. 중학교, 고등학교에 가면 더 큰 차이가 생길 걸. 과연 누가 좋은 대학에 들어갈 수 있을까. 그리고 누가 더 좋은 직장을 얻고, 누가 더 좋은 짝을 만나고 누가 더 행복하게 살 것 같니?'

개미는 순호의 오른손 엄지와 검지 사이에서 빠져 나가기 위해 버둥거렸다.

'착하지만 가난한 우리 아버지가 될래, 못됐지만 부자인 공팔봉 씨가 될래? 난 공팔봉 씨! 넌? 넌 가난뱅이 가로등지기나 해라. 잘 가!'

순호는 개미를 놓아 버렸다.

개미는 아래로 아래로 떨어졌다.

인기척이 들렸다. 공팔봉 씨가 대문을 열고 나왔다. 상을 치

151

르고 나더니 얼굴이 핼쑥해졌다. 다른 사람처럼 보였다.

마침 엄마가 집으로 돌아오고 있었다.

"방은 언제 비워 줄라 카노! 방을 비워 줘야 사람을 들일 거 아이가!"

충분히 피해 갈 수도 있건만, 공팔봉 씨는 엄마를 기다렸다가 시비를 걸었다.

"약속대로 방 비워 디릴 테니 걱정 마씨오!"

엄마가 발끈해서 공팔봉 씨에게 쏘아 댔다.

"동기간이고 식구고 몽땅 떠나 불고, 이웃도 읎이 을매나 잘 사는가 두고 볼라네! 돈을 기워 이불 만들어 덮고 잔들, 대사 소사 같이 웃고 울어 주는 이웃 정만 못한 벱이시!"

엄마는 그렇게 쏘아 붙이고는 집으로 들어가 버렸다.

"그래, 내사 돈이 젤로 중하다. 내가 이 돈을 버느라고 얼마나 생고생을 했는지 느그들이 알기나 하나. 돈 없어서 받은 갖은 설움, 다 풀기 전에는 죽지도 몬한다, 내는."

공팔봉 씨는 공터로 걸어 들어오며 중얼거렸다. 벤치에 털썩 주저앉았다. 깊은 한숨을 토해 냈다.

"그래, 내는 인자 아무도 없다. 내 혼자뿐이다. 휴우! 사는 기 와 이래 재미가 없노."

그 때, 단비가 대문을 열고 나왔다.

"어디 가노?"

공터 앞을 지나가고 있는 단비를 발견하고 퉁명스럽게 물었다. 단비는 모자를 쓰고 장갑까지 끼고서 완전무장을 한 모습이었다. 바이올린 가방까지 들고 있어서 무척 버거워 보였다.

단비는 엄마가 사라진 뒤로 바이올린 연습을 열심히 했다. 바이올린을 열심히 하지 않아서 엄마가 숨어 버린 거라고 생각했던 것이다.

"어디 가냐고 안 묻나?"

"엄마 찾으러……."

"느그 엄마, 니 꼴 배기 싫어가 도망갔다."

"도망간 거 아니야!"

"도망간 기 아이마 와 달포가 넘도록 소식이 없겠노."

"도망간 거 아니란 말이야!"

단비는 금방이라도 울음을 터뜨릴 듯 실룩거렸다.

"이리 온나!"

"싫어. 엄마 찾아갈 거야."

"어른이 오라 카마 뽀르르 달리올 기지, 쥐방울만 한 기 어디 말대꾸고! 유치원에서 그래 갈치드나! 퍼뜩 이리 안 오나!"

땅을 탕탕 구르며 걸어가는 단비를 향해 공팔봉 씨가 호통을 쳤다.

아무리 정이 없기로서니, 이 시간에 나갔다간 집을 잃을 게 뻔한 마당에 보고만 있을 수는 없는 노릇이었다.

"니가 찾아나간 사이에 느그 엄마 돌아오마 우짤래! 밤중에 나돌아댕깄다꼬 뚜디 맞을라 카나!"

단비는 그제야 멈춰 섰다. 인정하지 않을 수 없었던 것이다. 예전에도 그런 적이 있지 않았던가.

"이리 온나!"

공팔봉 씨는 부드러운 목소리로 단비를 불렀다. 단비는 쭈뼛거리며 공팔봉 씨 곁으로 다가갔다.

"쪼매마 기다리 보자. 돌아오기마 하마 내가 다리몽댕이를 분질러가 꼼짝도 못하게 맹글어 노꾸마. 가시나, 와 이래 애빘노(말랐노). 밥은 묵고 댕기나? 쯧쯧쯧! 못난 어른들 때문에 니가 고상이다! …… 하긴, 느 엄마만 탓할 일도 못 된다. 노망든 노인네 있지, 남편이라고는 돈배끼 모리제, 무신 낙이 있었겠노."

"엄마 다리 부러뜨리지 마."

공팔봉 씨는 자기 얼굴을 빤히 올려다보며 당돌하게 말하는 단비가 가슴 한쪽이 알싸하도록 예뻐 보였다. 안아 주고 싶었다.

"허허! 거참……"

공팔봉 씨는 단비를 옆에 앉혔다. 공팔봉 씨의 웃음에 안심이 되었는지 단비는 별 반항 없이 얌전히 공팔봉 씨가 이끄는 대로 옆자리에 앉았다.

"단비야, 엄마가 그래 좋나?"

"아저씨는 아저씨 엄마가 안 좋아?"

"허허허⋯⋯."

공팔봉 씨는 자신의 질문을 당돌하게 되받아치는 단비가 귀엽기도 하고, 아버지가 아닌 아저씨라고 불린 것이 조금 쓸쓸하기도 해서 허허 웃음을 터트렸다. 아버지 노릇을 해 준 적이 없으니 당연한 일인지도 모르겠다. 하지만 기분은 좋았다. 무슨 까닭에선지 자꾸 웃음이 나왔다. 그 까닭은 공팔봉 씨 자신도 잘 알 수 없었다. 단지, 단비가 저항 없이 옆에 앉아 준 것이 고맙고, 말 상대가 되어 줘서 고마웠다. 단비가 그 자그마한 체구에서 이렇게 따스한 온기를 품고 있을 줄은 미처 몰랐다.

"꼬부랑 할머니가 아저씨 엄마지?"

단비는 가로등 앞에서 치성을 드리던 꼬부랑 할머니의 모습을 떠올리며 물었다.

"아저씨 엄마는 왜 그렇게 허리가 꼬부랑해졌어?"

공팔봉 씨는 대답 대신, 쓸쓸한 미소를 머금은 채 한숨을 내쉬고는 혼잣말하듯 얘기를 늘어놓기 시작했다.

"고생을 마이 해가 그래 안 됐나! 우리 어무이 고생 참 징그럽도록 마이 하싰는 기라. 땅뙈기 한 평 가진 거 없이 남우(남의) 땅을 붙이 묵고 사는 집에 시집왔으니 그 고생이 오죽했겠나. 게다가 우리 할매는 어무이가 적어도 아들 다섯은 낳아야 한다꼬 노래를 했다 아이가. 헌데 아들 다섯은커녕 딸만 내리 셋을 낳았으니 그 구박이 어땠겠노. 할매가 돌아가시고 나서 내가 세상에 태어났지. 태어날 거면 쪼매 서둘러 태어났으마 아들 못 낳는다는 구박은 덜 받았을 긴데……."

아무런 말도 없이 생각에 잠겨 있다가 한참 만에,

"내도 참말로 고생 마이 했다. 돈 되는 일이라 카마 닥치는 대로 댐비들었는 기라. 어무이 고생하는 거 보문서, 빌어묵을 놈의 돈, 내가 다 끌어모아가 어무이 호강시키 드리고 말 기라고 결심하고 또 했는 기라. 앞뒤 볼 거 없이 돈만 보고 쫓아오다 보니까 이래 늙어 뿌릿다. 돈독이 올라가 어무이 호강시켜 드릴라 카던 애초 마음은 잊어 뿌리고 돈만 밝히는 늙은이가 되고 말았다. 사는 기 와 이렇노!"

눈시울을 붉히던 공팔봉 씨는 단비를 의식하고 얼른 평상심을 되찾았다. 단비는 어느새 공팔봉 씨에게 머리를 기대고 잠들어 있었다.

"허허, 이러다 정들까 걱정일세! 즈 에미 나타나마 호로록 날아가 뿌릴 긴데……."

제 엄마가 찾아와 데리고 간다면 아무 말 않고 보내 줄 참이 었다. 혼자서 단비를 키워 낼 자신도 없거니와 저를 낳아 준 엄마 없이 살게 할 수는 없지 않은가.

그러나 혹시라도 아내가 돌아오기만 한다면, 말은 한번 해 볼 생각이었다. 이제부터라도 남편 노릇 제대로 할 테니 잘 살아 보자고……. 하지만 가당치 않은 욕심임을 잘 알고 있었다.

단비마저 떠나고 나면 이제 정말 그에겐 아무도 남아 있지 않았다. 이번에 올라온 딸자식을 보면서 남보다 못하구나 싶었다. 그렇게 된 데에는 자신의 잘못이 크다는 걸 안다. 둘 다 그토록 대학에 가고 싶어했지만 끝내 허락하지 않았던 그가 아닌가. 시집을 갈 때도 없는 사람들보다 적게 해서 보내지 않았던가. 바쁘다며 일이 다 지난 뒤에나 올라와서 일을 거두는 둥 마는 둥, 장례가 끝나자마자 인사도 없이 가 버린 두 딸들에 비해 순호네는 제 일처럼 나서 주었다.

고마웠다. 고마웠으나 어떻게 표현해야 할지 그걸 몰랐다. 다 떠나는 마당에 순호네 식구라도 붙들어 두고 싶었다. 그래서 이리저리 궁리를 해 보았다. 단비 에미야 잡으려 해도 잡기 어려울 테지만, 순호네 식구들이야 잡자고 마음만 먹으면 잡을 수 있을 것 같기도 했다. 칼자루는 그가 쥐고 있었으니까. 집을 내놓았지만, 집을 보러 오는 사람을 계속해서 퇴짜를 놓으면 순호네야 모른 척 계속 눌러 살게 되지 않을까 싶었다.

공팔봉 씨는 단비를 안아들고 집으로 들어갔다.

나무 위에 올라가 있던 순호는 여전히 너브대의 밋밋한 풍경을 멍하니 바라볼 뿐이었다.

공팔봉 씨의 얘기를 듣고 보니, 돈이 많다고 다 행복한 건 아닌 모양이구나 싶었다. 도대체 행복은 어디에 있는 걸까. 어떻게 해야 행복해질 수 있는 걸까. 무엇을 해야……

한 줄기 차가운 겨울바람이 불어 왔다. 순호는 심한 오한을 느꼈다. 내려가고 싶은데 몸이 말을 듣지 않았다. 선 채로 가위라도 눌린 듯 움직일 수가 없었다.

갓등이 부러진 나뭇가지 끝에 매달린 채 바람에 딸그락딸그락대더니 툭, 아래로 떨어졌다. 다행히, 가로등에 연결되어 있던 전깃줄이 나뭇가지에 걸리면서 아슬아슬하게 추락을 면했다.

순호는 느티 위에 서서 단비를 부러워했다. 단비는 기다릴 사람이라도 있는데, 자기는 아무것도 기다릴 게 없었으니까.

외짝 신발,
우주 밖으로 걷어차기

다음 날도, 순호는 학교에서 조퇴를 하고 집으로 일찍 돌아왔다. 오늘은 정말 아파서 조퇴를 했다. 하지만 조퇴를 하고 집으로 돌아오자 조금 괜찮은 것 같기도 했다.

"순호야, 밥! 밥, 순호야!"

대문 앞에 앉아 인형의 눈을 달아 주고 있던 순심 누나가 달려왔다.

순호는 아무런 대꾸도 없이 집으로 들어갔다. 이제 겨우 열 시밖에 되지 않았는데 무슨 밥이란 말인가.

순호는 현관에 가방을 던져 두고 다시 밖으로 나왔다. 나무 위에 올라갈까 하다가 누나가 보고 있어서 일단 아파트로 가는 척하다가 되돌아오기로 한다.

순심 누나는 몹시 서운한 눈길로 순호의 모습이 보이지 않을 때까지 쫓다가 순호가 보이지 않게 되자 대문 앞에 앉아 다시 인형의 눈을 달아 주기 시작했다. 눈 하나 달아 주고, 공터 한 번 보고, 눈 하나 달아 주고, 공터 한 번 보고…….

쓸쓸하다. 단비는 아직 유치원에서 돌아오지 않았고, 가로등지기 아저씨와 재채기 인형도 보이지 않는다.

재채기 인형을 생각하자 기분이 좋아진다. 재채기를 하는 모습은 정말 귀여웠다. 다음에 만나면 집으로 초대하리라 마음먹는다.

한편, 순호는 집에서 나와 아파트 단지로 향했다. 피시방에 가서 게임이라도 하고 싶었다. 하지만 돈이 없었다.

방법을 찾았다. 마침 초등 학교 2, 3학년쯤 되어 보이는 한 사내아이가 장난을 치며 걷다가 순호의 팔을 툭 쳤다.

녀석을 따라갔다.

"야, 너 이리 와 봐!"

"왜?"

"오라면 올 것이지 말이 많어, 이 자식이!"

순호는 아이의 등에 맨 가방을 당겨 인적이 없는 재활용품 수거함 근처로 데려갔다.

"너 이 아파트에 살어?"

"응!"

"니네 집 돈 많겠구나."

"형 깡패지? 나 집에 갈래."

"까불면 가만 안 둘 거야. 돈 내놔!"

"없어."

"없어? 뒤져서 나오면 나한테 맞을 줄 알어."

순호가 아이의 주머니를 뒤지려는데 저 쪽에서 어떤 아주머니가 이 광경을 보고 달려왔다.

순호는 달아났다. 뒤에서 '저놈 잡아라!' 하는 소리가 쫓아왔다.

달리고 또 달렸다. 얼마나 뛰었을까. 숨이 차서 더 이상 달릴 수가 없었다. 토할 것만 같았다. 뒤를 돌아보았다. 다행히 아무도 따라오는 사람은 없었다.

주위를 둘러보았다. 학교다. 어쩌자고 학교로 달려왔을까.

운동장은 한산했다.

목이 마르다. 수돗가로 가서 물이라도 마셔야겠다.

운동장을 대각선으로 가로질러 가면 훨씬 빨리 갈 수 있었지만, 구석으로 돌아갔다.

수돗가에 다다랐다. 수도를 틀었다. 물은 나오지 않았다. 수

도꼭지에 입술을 대고 빨았다. 쇳물이 두어 방울 입 안으로 들어왔다.

퉤! 바닥에 침을 뱉었다. 갑자기 화가 치밀었다.

마침, 신발 한 짝이 눈에 들어왔다.

"하하하하하하……."

신발은 하늘을 향해 입을 쩍, 벌린 채 비명을 지르고 있었다. 아니, 비웃고 있었다. 매일 새벽 가로등 발치에서 괴성을 질러 대던 욕쟁이 할멈 같았다. 항상 오만상을 찌푸린 채 투덜거리는 단비 엄마처럼 보였다. 바보처럼 웃는 가로등지기 같았다. 돈밖에 모르는 공팔봉 씨가 입이 찢어지도록 하품을 하는 것 같았다. 같은 반 아이들이 너브대 잠충이를 외치며 비웃는 소리 같았다. 선생님이 웃는다. 송이가 웃는다.

순호는 힘껏 신발을 걷어찼다.

신발은 공중을 날아 저만치 앞쪽에 떨어졌다.

통쾌하다. 다시 한 대 더 걷어차 주고 싶다. 지구 밖으로 떨어져 나갈 때까지 걷어차 주고 싶다.

"하하하하하하……."

가로등이 비웃는다. 깨어진 채 마구 웃는다. 나무가 웃는다. 자전거가 웃는다. 순심 누나의 인형들이 웃는다.

울고 싶다.

다시 한 번, 있는 힘껏 신발을 걸어찬다. 더 멀리 날아간다.

'꺼져 버려! 꺼져 버리라구! 지구 밖으로 꺼져 버려! 모두 다!'

순호는 신발이 떨어진 곳으로 달려갔다. 더욱 세게 차 줄 생각이었다.

그러나 막상 그 앞에 다다르자 순호는 우뚝, 멈춰 섰다.

"움움움움움움……."

신발은 땅바닥에 코를 박은 채 엎어져 있었다.

코를 박고 엎드려 있는 신발은, 순심 누나가 엄마에게 맞고 방바닥에 엎드려 우는 모습 같다. 엄마의 잔소리를 들으며 옹색하게 웅크리고 잠이 든 아빠의 등처럼 보이기도 하다. 시장 바닥에 좌판을 깔아 놓고, 외면하며 지나가는 손님을 안타까운 시선으로 따라가며 호객을 하는 엄마의 뒷모습 같기도 하다.

순호는 그 앞에 쭈그리고 앉아 두 손으로 신발을 뒤집었다.

운동장 구석을 돌아 학교 정문까지 걸어왔을 때, 웃음소리가 들리는 듯해서 뒤를 돌아보았다.

신발이 아주 작게 보였다.

"히히히히히히……."

웃음소리가 운동장을 쩌렁쩌렁 울렸다.

귀를 막았다. 그러나 웃음소리는 멈추지 않았다.

웃음소리는 어느새 단비의 바이올린 소리로 변했다. 끔찍했다. 소리는 벌레처럼 귓속을 마구 파고들었다.

외짝 신발을 우주 밖까지 걷어차 주지 못한 게 후회스러웠다. 하다못해 쓰레기통에라도 처박았어야 했는데……. 변기통에 빠뜨려 버렸어야 했는데…….

순호는 학교를 빠져 나와 마구 달리기 시작했다. 신발이 웃으면서 따라왔다.

예수는
지옥에 있다

순호네 가족은 고향으로 이사를 가기로 결정했다. 돌아갈 곳은 그 곳밖에 없었다. 다행히 고향에는 빈 집이 많았다. 조금만 손을 보면 쓸 만한 집도 꽤 있었다. 문제는 순호였다. 내후년이면 고등학생이 될 텐데, 고향 마을에서 고등학교까지 가려면 버스로 한 시간이나 걸렸다. 그러나 달리 선택의 여지가 없었다. 오늘 짐을 모두 꾸려 놓고 내일 아침 일찍 떠날 참이었다.

순호는 고향으로 간다는 말을 듣고도 아무런 반응을 보이지 않았다. 고향으로 돌아가든 너브대에 있든 다를 게 없었으니까. 다만, 고향집에 있는 순호의 나무가 보고 싶을 뿐이었다.

그러나 그 곳에 가면, 지금 다니는 학교의 단풍나무가 그리울 것이다. 그리고 공터의 느티나무도.

느티나무에 올라가는 것도 오늘이 마지막이었다.

어떤 나무라도 쉽게 오르는 순호였으나, 거의 일 주일간 심한 몸살에 시달리며 앓아누워 있었던 탓에, 나무에 오르기가 쉽지 않았다. 나무 옆에 세워져 있던 자전거를 밟고서야 간신히 올라갈 수 있었다.

길을 지나가거나 공터에 들어오는 사람에게 눈에 띄지 않도록 마을과 등지고 앉아 너브대의 밋밋한 풍경을 바라보았다.

"예수 믿으세요, 예수!"

전도사는 예전의 그 확신에 찬 목소리가 아닌, 힘없는 목소리로 중얼거리며 너덜너덜한 팻말을 들고 몹시 지친 걸음으로 걸어와 벤치에 가 앉았다. 그리고 이내 깊은 시름에 잠겼다.

"한겨울에 이사를 가자니 심란허네!"

동네 구멍가게에서 노끈 뭉치와 라면 박스를 사 들고 걸어오던 아버지가 담배 한 대를 태우기 위해 공터로 들어섰다. 벤치를 먼저 차지하고 있는 전도사를 발견하고는 쩝쩝 입맛을 다셨다.

아버지는 못마땅한 표정으로 전도사 옆에 엉덩이를 걸치고 앉았다. 벤치의 주인이 따로 있는 것은 아니었으나 거리로 보나 지금까지 애용한 횟수로 보나 아무리 이사를 떠나는 입장이긴 해도 전도사보다는 자기가 권리가 있어도 더 있을 것이라는 게 아버지의 속대중일 터였다. 벤치는 두 사람이 앉기에 충분하고도 남았으나 그리 친하지도 않은 두 사람이 앉아 있기엔 턱없이 좁아 보였다. 당연히 일어날 줄 알았던 전도사는 전혀 움직이지 않았다. 초점 없는 시선을 정면 저 멀리 어딘가에 부려 놓고 상념에 잠겨 있을 뿐이었다.

아버지는 은근히 부아가 치미는 모양이었다. 뭐 이런 염치가 다 있나 싶었을 것이다. 아버지는 담배를 태워 물고 가래를 돋워 바닥에 뱉은 뒤 슬금슬금 딴죽을 걸었다.

"어이, 여보슈! 고것이 참말이유, 야수 믿으면 천당 간다는 말씀이?"

"……."

"댁 말씀을 빌리자면, 머시냐 거시기, 야수 안 믿으면 지옥으로다가 퐁당 떨어진단 말 아뉴?"

"……."

"고거 참말로 납득이 가덜 않네. 아, 이승에서 교회 안 댕겼다구설랑 지옥에 떨어진다는 게 말이나 되여. 그런 이치루다가 따지면, 교회 안 댕긴 심청이, 춘향이, 콩쥐, 홍부 모다 지옥에 떨어졌겠네!"

167

"라면 박스 좀 구해 오라니께 거그서 뭣 하요!"

엄마는 이삿짐을 챙기다가 박스를 구하러 나간 아버지가 오지 않자 어떻게 된 일인가 싶어 나왔다가 공터에서 들려 오는 소리를 듣고 힐책을 하며 다가왔다.

"구해 왔어! 댐배 한 대 굽고 있구만 그러네! 당신두 이리 와서 좀 쉬었다 혀!"

아버지는 자기 옆에 자리를 만들어 주며 엄마를 불렀다. 일이 바쁜데 노닥거릴 시간 없다며 발길을 돌리는 엄마를 아버지는 한사코 끌고 와 벤치에 앉혔다.

"아따 그 사람, 쉬었다 같이 하잖 말여! 당신은 다 존디, 매사에 여유라는 것이 음써! 여유를 너무 부려두 탈이지만 말여, 당신처럼 여유가 너무 음써도 좋지 않은 뱁이여!"

"아, 누군 여유 부릴 중 몰라서 이라는 중 아씨오. 여유 부릴 만한 처지가 못 됭게 그라지라!"

"알았구먼! 알았어! 긍게 여그 쬠만 앉았다 같이 일어나세!"

요즘 들어 노름에도 손을 대지 않고 착실해진 아버지에게 이 정도 비위야 못 맞춰 주랴 싶었는지 엄마는 아버지가 이끄는 대로 순순히 따랐다. 게다가 옆에 다른 사람도 있는 마당에 남편 말에 토를 달아서 기를 꺾을 것까진 없다는 판단이었을 것이다.

아버지는 '자, 이래도 안 물러날 테냐!' 하는 표정으로 옆에 앉아 있는 전도사를 흘겼다. 그러나 전도사는 전혀 미동조차 하지 않았다. 아버지는 다시 한 번 딴죽을 걸기 시작했다.

"우리 교회나 다닐까. 저 양반이 그라는디, 예배당 안 나가면 지옥에 떨어져서 똥물에 튀겨진다네!"

아버지가 엄마에게 건네는 말이었다.

"다님사 좋겄지라! 죽어서 천당에 간다는디……. 글지만서두 묵고살자면 교회 다닐 짬이 워디 나야 말이지라, 일요일이 대목인디……."

엄마는 아버지가 묻는 말에 건성으로 대답했다.

"그람 나두 안 나갈라네! 나 혼자 교회 나가서 낭중에 죽어 천당이서 편안허니 살면 뭣 혀. 순호 어메가 지옥에서 똥물에 튀겨지고 있다먼, 내 맴이 편하겄어!"

아버지의 말에는 아랑곳없이 전도사는 여전히 깊은 시름에 잠겨 있었다. 아버지는 좀더 목소리를 높였다.

"모르긴 혀두, 천당 가서 즈그들끼리 잘 묵고 잘 살겄다구 야수 믿는 늠덜 속을 까뒤집어 보면, 양심이라는 데서 쉰내가 코를 찌를겨. 생각을 혀 봐. 양심이 있는 놈들이라면 그래 않제."

엄마는 아버지의 옆구리를 찌르며 전도사를 의식했지만, 정작 전도사는 아버지의 말을 듣는지 마는지 아무런 반응이 없었다.

"내 생각으로다간 말여, 야수님은 시방 지옥에 있을겨. 야수님이 뱉은 말이 있는디 워찌케 천당에 올라가 있겄능가 말여. 멋이냐, 거……. 옳지, 니 웬수덜을 사랑혀라! 또 멋이냐, 아프고 돈 없는 사램 무시하지 말고 도와 줘라! 그리구, 콩 한 쪽이라도 나눠 묵어야 쓴다, 뭐 그런 말을 했다잖여. 야수라는 사람 인격에 천국이서 저 혼자 잘 묵고 잘 살고 있을 리는 만무할 것이구먼!"

큰 소리로 얘기를 늘어놓던 아버지는 전도사가 품에서 사진 한 장을 꺼내어 불쑥 내미는 바람에 말문을 닫았다.

"예배당에 안 간다잖우. 안 가는 것이 아니라, 먹고살기 바빠서 못 나간다잖수."

아버지는 전도사가 내미는 사진이 교회 유인물인 줄 알고 손을 내저었다. 내민 손이 민망할까 봐 엄마가 대신 받아 들고 건성으로 훑어보았다. 전도사가 내민 것은 교회 유인물이 아니라 한 아이와 아이의 엄마로 보이는 여자의 사진이었다.

"제 처자입니다."

전도사의 말이었다.

느닷없이 웬 사진을 내미나 싶어, 아버지와 엄마는 서로의 얼굴을 마주 보았다.

"교통사고로 죽었습니다."

"으쩌끄나! 쯧쯧쯧, 저런 딱할 데가!"

엄마는 혀를 차며 사진을 자세히 들여다보았다.

"아따 고놈 참하게 생겼네!"

아버지는 전도사에게 적의를 품고 딴죽을 걸었던 자신이 쑥스럽고 미안해서 평범하게 생겼을 뿐인 사진 속의 아이를 칭찬했다.

"천당 갔겠지요?"

전도사의 말이었다.

"……."

"우리 아들, 우리 마누라, 천국 갔겠지요? 교회도 부지런히 다녔고, 손톱만큼도 죄라고는 짓지 않은 사람들이거든요."

전도사가 거듭 물어 왔다.

"아따, 염려 붙들어 매셔도 되겠구만 그랴. 그렇게 착한 사람이문 교회 안 댕겨두 천국 갔을 것인디, 교회까정 댕겼대니 볼 것두 읎네. 안 그려, 임자?"

아버지는 동의를 구하며 엄마를 바라보았다.

"천국이 있으면야 당연히 거기 갔겠제라."

"이놈의 세상이 여태 안 망하고 있다는 게 말이 됩니까. 우리 가족은 망했는데 왜 세상은 망하지 않느냐 말입니다. 죄 없는 내 처자는 데려가면서 어째서 온갖 죄악으로 타락한 이 세상은 가만히 두는 겁니까, 왜?"

전도사는 가로등을 올려다보며 마음을 드러내 보였다.

"내가 망했응게 세상도 망해야 쓴다, 고 말이요, 시방! 허따, 심보 한번 고약허네. 난 또, 나 혼자 좋은 시상 가기 미안항게 예수 믿고 우리 모두 좋은 시상으로 갑시다, 뭐 그런 맴인 중 알았더니……."

엄마가 발끈해서 나섰다.

"뭔 소릴 쥐낄라고 이랴! 임자, 웬만하먼 참으소!"

아버지는 입바른 소리 잘하는 엄마가 또 무슨 소리를 늘어놓을까 싶어 옷자락을 잡아당기며 말렸다.

엄마는 아버지의 손을 탁, 뿌리치며 전도사를 향해 쏘아댔다.

"다른 사람도 예수님을 믿게 만들고 싶으면 그라면 안 되제. 세상이 끝장나네, 교회 안 댕기면 지옥에 떨어지네 어쩌네 공갈 협박하고 댕긴다고, 아구 무서라 당장 교회 댕겨야겠네, 그럴 정신 나간 인간이 워디 있간디. 넘들 보고 믿으라 믿으라 떠들고 돌아댕기지 말고, 제대로 사는 모습을 보여 줘 봐. 나도 교회 한번 댕겨 봐야겠다, 그런 맴이 왜 안 생기겠소. 내가 봉게, 설사 천당이 있다 해도, 아자씨는 거기 가기 틀렸네. 심보를 곱게 써야제."

"듣고 봉게 구구절절 옳은 말일세. 우리 순호 어메 글 좀 배웠으문 대통령도 해 묵었을 것인디."

"앉혀다 놔 봐. 지금이라도 왜 못 하나!"

"여편네하고는! 띄워 중게 하늘 높은 줄 모르고 깝쳐쌌네!"

"아이구 정신 좀 봐, 이삿짐 싸다 말고 와서 먼 짓이디야!"

엄마는 자리를 박차고 일어났다. 아버지도 슬금슬금 일어나 그 뒤를 따랐다.

"그나저나 우리 순호가 아까부터 뵈들 않네. 혹시 못 봤소?"

엄마가 물었다.

"누워 있잖여?"

아버지가 대답했다.

"아까까정 누워 있었는디 좀 전에 봉게 없네요."

"바람 쐬러 갔겄제. 너무 걱정 말어."

"에그, 우리 순호만 생각하면 짠해 죽겄소. 부모 잘못 만내 가꼬……."

"그런 소리 말어. 애비야 잘못 만냈을랑가 몰라도, 어메야 이런 어메 다시 읎제."

"부자 어메 만났어 봐요. 우리 순호 지금보다 호강함서 살

173

제. 에그!"

"그나저나 예전보담 순호가 많이 허해졌더구먼. 황구라도
한 마리 고아 멕여야 할라나……."

엄마와 아버지가 일어났다. 전도사는 생각에 잠겨 좀처럼
움직이지 않았다.

순호는 여전히 마을을 등진 채 느티나무에 앉아 너브대의
밋밋한 풍경을 바라보고 있었다.

순호의 눈에서는 갑자기 눈물이 주르르 흘러내렸다. 너브대
의 밋밋한 풍경이 마구 일그러졌다.

왜 그렇게 눈물이 나는지 그 까닭을 알 수 없었다.

불쌍했다. 엄마와 아버지와 순심 누나와 공팔봉 씨와 단비
와 단비 엄마와 욕쟁이 할멈과 전도사와 가로등지기와 너브대
의 밋밋한 풍경이 불쌍했다. 그리고 무엇보다 지옥에 있을 예
수님이 너무너무 불쌍했다.

그렇기는 느티도 마찬가지였다. 세상과 예수님이 불쌍해서
밤이 새도록 엉엉 울었다.

한 줄기 햇살이 비스듬히

"이사를 갈라 카나 말라 카나?"

공팔봉 씨가 공터 입구를 가로막고 서서 순호 엄마와 아버지에게 시비를 걸었다.

"남이사 똥을 싸고 뭉개든, 댁이 뭔 상관이다요?"

순호 엄마는 공팔봉 씨를 향해 톡 쏘아 주었다.

"싸고 뭉갠 똥을 손가락으로 찍어 맛을 보든, 뭔 상관이디야! 에헴!"

순호 아버지도 끈 뭉치와 박스를 챙겨 들고 아내를 따라가며 허공에 대고 중얼거렸다.

공팔봉 씨는 두 사람을 따라 대문 안으로 들어갔다.

이게 아닌데 싶었다. 집 보러 오는 사람을 퇴짜만 놓으면 될 줄 알았는데, 고향으로 이사를 가겠다니, 예상치 못한 일이었다. 어떻게 해야 순호네 식구를 잡을 수 있을지 좋은 생각이 떠오르지 않았다. 그렇다고 함께 살아 달라고 빌 수도 없는 노릇이고…….

공팔봉 씨가 따라 들어오자 순호 아버지는 아예 욕실로 피해 버렸고, 순호 엄마는 부지런히 손을 놀려 짐을 싸는 데 여념이 없었다.

"단비도 있고, 손수 끼니 끓여 자시기도 그랗께, 살림할 사람 하나 구하씨오. 사램 구하기 수월찮겠지만서도 찾아보면 괜찮은 사람도 있을 것이오. 그런 덴 돈 애끼지 말고 펑펑 쓰소, 저승 갈 때 싸 짊어지고 갈 것도 아닝께."

순호 엄마는 공팔봉 씨에게 그 동안 너무 막 대한 게 후회스럽기도 하거니와 이사 가는 마당에 뒤끝이 좋아야 되겠기에 걱정을 해 주었다. 그러나 공팔봉 씨는 여전히 시비조다.

"전라도 깽깽이라 카디 엉가이 깽깽대네!"

"딱해서 그라요, 딱해서! 돈으로 비루빡(벽)을 칠한들, 죽을 때 싸 짊어지고 갈 수도 없는 것을……."

"갈 데는 있나?"

"걱정 마씨오. 고향에 내려가서 농사 져 묵고 살기로 혔소.

있는 놈들은 전원생활 한다고 일부러들 시골을 찾는다는디, 까짓것 전원생활 누린다 생각하면 속 편하오."

"봐라! 노름꾼 냄편 버리고 내한테 온나! 평생 호강시키 주꾸마!"

"멋이라고라! 없이 산다고 이 영감탱이가 사램을 어떻게 보고……."

순호 엄마의 목소리가 앙칼지게 높아졌다.

"아따 농담도 못 하나! 성질 한번 드럽네!"

"농담이라도 그런 소리 마씨오!"

"노름꾼 냄편이 좋은 모양이네."

"내한테야 웬수 웬수 이 시상에 그런 웬수가 없겠지만, 우리 순호 아베만큼 착헌 사램도 없을 것이오."

"착한 기 무슨 소용 있노. 우선은 돈이 있어야지."

"시상이 착한 사람이 잘 살 수 있도록 생겨 묵지 않은 것을 으쩌겠소."

"방바닥이 냉골이대이! 보일러에 문제가 있나, 와 이렇노?"

"수리해 달라고 을매나 애길 해도 못 들은 척한 사람한티 물어 보씨오. 우리 담에 이사 올 사람을 위해서라도 수리나 허고 사람 들이씨오."

"도배도 다시 해야 겄고……. 수리비 반만 내!"

수리비를 내라는 공팔봉 씨의 말에 순호 엄마는 싸고 있던 이불 보퉁이를 내팽개치고 포르르 달려와서 도끼눈을 뜨고 공팔봉 씨에게 달려들었다.

"수리비라고라! 나가는 사람이 수리비를 머땀시 낸다요! 내 이럴 중 알았제! 그랴! 어디 한번 해 보자, 이놈의 늙은이……."

"아, 여기서 계속 살라 카마 수리를 제대로 해야 될 거 아이 가!"

"못 줘! 우리가 머땀시 수리비를……."

순호 엄마는 소리를 빽 지르다 말고, 귀를 의심하며 공팔봉 씨의 멱살을 잡고 늘어졌다.

"시방 머라고 혔소?"

순호 엄마는 공팔봉 씨의 멱살을 틀어잡은 채 물었다.

"창문은 와 저래 작노. 저래가 햇빛이 들겠나. 사람 사는데 빛이 들어와야지. 수리하는 김에 창문도 좀 넓히야겠구마."

공팔봉 씨는 딴청을 부렸다.

"좀 전에…… 거 멋이냐…… 고것이 긍게…… 긍게!"

"노름돈은 법적으로도 갚을 필요 없다지만, 원금은 받아야 겠네! 가능한 한 빠른 시일 내로 갚아 줘! 십 년 안에는 갚을 수 있겠제?"

순호 아버지는 화장실에서 달려나와 공팔봉 씨에게 깍듯이 허리를 굽혔다. 순호 엄마도 '고맙구만이라.'를 연발하며 거듭 거듭 머리를 조아렸다.

"이 집 장남은 어딜 가고 안 보이는가?"

공팔봉 씨가 나가려다 말고 물었다.

"앓아 누웠구만이라. 몸이 허해졌는지 자면서 헛소리를 다 하고⋯⋯."

아들 얘기가 나오자 순호 엄마는 목이 잠겼다.

"저런! 이 집 기둥이 누워 있으면 쓰나! 잘 키우소. 내가 관상을 쪼매 볼 줄 아는데, 이 집 장남, 장차 큰 인물 될 기구마. 요즘 세상에 꼭두새벽에 일어나서 신문 배달하는 아가 어디 있노. 뭘 해도 크게 될 기라! 하모!"

순호 엄마는 공팔봉 씨가 고마웠다. 죽으라는 법은 없구나 싶었다. 그러면서도 공팔봉 씨가 무슨 변덕이나 부리지 않을까 싶어 불안하기 그지없었다.

해질녘이 되었을 때, 공팔봉 씨가 다시 찾아왔다. 혹 없던 일로 하자면서 당장 나가 달라고 변덕을 부릴까 싶어, 가슴이 조마조마했는데 웬걸, 순호에게 달여 주라며 보약 한 첩을 갖다 주는 게 아닌가. 게다가 10년 내로 빚을 갚으라는 차용 증서 한 장을 만들어 주었다. 그 차용 증서는 10년 내로 돈을 꼭 갚아야 한다는 부담으로 작용하기보다 공팔봉 씨의 변덕을 막아 주는 증서처럼 여겨져 여간 소중한 것이 아니었다.

공팔봉 씨의 행동은 순식간에 너브대 전체로 퍼져 나갔다. 오지랖 넓기로 소문난 순호 엄마가 동네방네 돌아다니며 공팔봉 씨를 침이 마르게 칭찬하고 다녔던 것이다. 처음에는 믿지 않던 사람들도 시간이 지나면서 공팔봉 씨가 예전 같지 않다는 것을 인정하지 않을 수 없었다.

사실, 누가 보아도 공팔봉 씨는 변해 가고 있었다. 제 돈을 들여 가로등을 수리하는가 하면 달아난 후처가 데려온 딸 단비에게도 지극정성이었던 것이다.

공팔봉 씨는 행동만이 아니라 인상도 변해 갔다. 양 볼때기 가득 물려 있던 심술 살이 쪽 빠지고, 미간의 살쾡이 발톱 같던 주름살도 많이 엷어졌다.

인색하고 인정머리 없던 사람이 좋게 변한 것을 반가워하지 않을 사람은 없었다. 그러면서도 사람이 갑자기 변하면 죽는다던데, 저 사람 죽으면 재산 다 누구 차지냐, 순호네한테도 콩고물이 좀 떨어지겠지, 하며 공연히 시새워 밤잠을 설치는가 하면, 예전에는 게거품을 물고 공팔봉 씨 험담을 하던 순호 엄마가 공팔봉 씨에게 온갖 알랑방귀를 뀌고 돌아다닌다며 눈꼴사나워하는 치들도 생겨났다.

이렇듯 공팔봉 씨의 변화는 온 동네 사람들의 관심거리였다.

그러나 정작 당사자인 공팔봉 씨는 자신의 변화를 깨닫지 못했다. 남은 땅을 팔지 않기로 결심한 것은 예전부터 그럴 생각이었고, 부질없는 세상 돈 더 벌 생각 말고 쓰면서 살기로 한 것도 예전부터 그 시기만을 미뤄 왔을 뿐이니, 심경의 변화라고 할 것도 없었다.

요즘 들어 공팔봉 씨의 가장 커다란 걱정거리는 단비였다. 다 늦게 정이 담뿍 들었지만, 제 어미가 와서 데려가겠다면 보내 줄 참이었다. 그러나 어미로부터 전혀 소식이 없으니 애가 탈 노릇이었다. 단비를 보니 요즘에는 아예 유치원도 가지 않고 하루 종일 공터에서 제 어미를 기다리는 모양이었다. 공팔봉 씨가 아까운 생돈을 들여 가로등을 수리한 것도 단비 때문이었다. 아무리 집으로 들어가자 달래고 윽박질러도 단비의 고집을 꺾을 수 없었다. 그렇다고 하루 종일 단비 옆에만 있을 수도 없는 노릇이었다. 그나마 다행인 것은, 해가 저물고 어두워지면 무서워서인지 제 발로 집으로 들어왔다. 공팔봉 씨로서는 단비가 집으로 들어올 때까지 창문에 붙어 지키고 서 있는 수밖에 없었다.

오늘도 공팔봉 씨는 창가에 서서 단비를 바라보고 있었다.

날이 어두워지자 단비도 안 되겠어서 집으로 들어올 모양인지 대문 쪽으로 걸어왔다. 공팔봉 씨는 그제야 안도의 한숨을 내쉬었다.

그런데, 바로 그 순간, 나뭇가지 하나가 마치 그를 향해 손짓이라도 하듯이 흔들렸다. 신기한 일이었다. 바람이 불었다면 나무 전체가 흔들려야 할 텐데, 나뭇가지 하나만이 흔들렸으니 말이다.

단비가 현관으로 들어오는 소리가 들려 단비를 반기기 위해 몸을 돌리려는데, 나무 위에서 시커먼 그림자가 바닥으로 떨어졌다. 공팔봉 씨의 눈에는 나무의 넋이 빠져 나가는 모습처럼 보였다. 가슴이 덜컥 내려앉는 듯한 기분이었다. 나무가 그예 죽을 모양이구나, 싶었다.

순호는 느티나무에서 뛰어내리자마자 몸을 낮췄다. 공팔봉 씨가 창가에 서서 이 쪽을 바라보고 있었던 것이다.

몸을 낮추었던 순호는 벤치 아래 앉아 있던 눈빛과 마주쳤다. 길 잃은 강아지였다.

주인에게 버려졌을지도 모르겠다. 아니면, 그 녀석?

자세히 보니, 그 녀석은 아니었다.

순호는 벤치 아래 숨어 있는 녀석에게 다가가 손을 내밀었다. 그러나 녀석은 꼬리를 치켜세우고 순호를 경계하며 뒷걸음치더니 저 쪽으로 달아나 버렸다.

강아지를 보자 반장이 떠올랐다.

며칠 전, 셋째 시간이 끝나고 쉬는 시간이 되었을 때, 반장이 담임 선생님을 따라 교무실로 가는 걸 보고, 단풍나무 아래로 달려가 묶여 있던 강아지를 풀어 주었다.

점심 시간 때, 아니나 다를까, 반장은 사색이 되어 순호 앞에 나타났다.

"네가 그랬니?"

"뭘?"

순호는 시침을 뚝 뗐다.

"강아지가 사라졌어!"

"……"

계속 발뺌을 할 생각이었으나 금방이라도 울 것 같은 반장의 표정을 보자 묘한 오기가 발동했다.

발뺌도 하지 않고, 인정도 하지 않으면서 애를 태워 주고 싶었다.

"……"

아무런 반응을 보이지 않자 반장은 잠시 그대로 서 있다가 밖으로 나갔다. 점심 시간이 지나고 다섯째 시간이 시작된 뒤에도 반장은 나타나지 않았다. 그러고는 다섯째 시간이 거의 끝나갈 즈음에 나타났다. 반장의 표정이 밝았다. 강아지를 찾은 모양이었다. 그 표정을 보자 순호는 속이 뒤틀렸다. 강아지를 멀리 쫓아 버리지 못한 것이 후회스러웠다.

수업을 끝마치자 반장이 할 얘기가 있다며 단풍나무 아래로 순호를 불렀다.

순호는 겁이 났지만 피하고 싶지 않았다. 반장이 먼저 친다면, 돌이라도 들고 대들 생각이었다.

"피울래?"

반장은 무언가를 순호에게 불쑥 내밀었다.

하얗고 기다란 담배처럼 생긴……. 그것은 담배였다.

순호는 담배를 내미는 반장이 두려웠다.

순호가 담배를 받지 않자, 반장은 순호에게 내밀었던 담배를 자신의 입으로 가져가 불을 붙인 뒤, 익숙하게 한 모금 빨아서 후우, 하고 연기를 내뱉었다.

순호는 멍하니 선 채 반장의 모습을 바라보았다.

"너도 담배 태우러 이 곳에 오는 줄 알았어."

반장이 단풍나무에 묶여 있는 강아지를 쓰다듬으며 말했다.

"너도 고민이 많아 보여서 나처럼 담배를 태우는 줄 알았거든. 이렇게 구석 자리에 오는 것도 그렇고……. 마음을 터놓을 친구가 생기나 싶어 기뻤었는데……."

친구도 많고 고민도 없을 것 같은 반장의 뒷모습이 몹시 쓸쓸해 보였다.

"가출하니까 어떻든? 나도 가끔 가출을 꿈꾸곤 해. 하지만 용기가 없어서 실행에 옮기지는 못하고 있어!"

반장은 강아지를 가슴에 끌어안으며 말을 이었다.

"넌 꿈이 뭐니? 내 꿈은 애완견 미용사야. 난 강아지를 정말 좋아하거든. 강아지랑 있으면 행복해. 그런데 엄마는 내가 행복해지는 걸 원치 않아. 괜히 엄마한테 솔직하게 꿈 얘기를 했다가 그나마 키우던 강아지하고도 헤어져야 했어. 이제 남은 강아지는 이 녀석뿐이야. 어느 날 집으로 가 보니까 사라져 버렸더라고. 엄마가 그랬겠지."

반장의 품에 안겨 있던 강아지가 저 쪽에서 굴러 오는 나뭇잎을 발견하고는 바닥으로 폴짝 뛰어내려갔다. 반장은 미소를 머금은 채 강아지의 재롱을 바라보았다.

"우리 엄마는 내가 법관이나 의사가 되길 원해. 돈도 많이 벌 수 있고 다른 사람들이 부러워하는 직업이니까. 나도 싫지는 않아. 하지만 행복할 것 같지는 않아. 엄마 말마따나 내가 아직 철이 없어서 그런 걸까?"

반장의 검지와 중지 사이에 끼워져 있는 담배에서 연기가 모락모락 피어 올랐다.

"담배……"

순호는 반장에게 한 걸음 다가가 손을 내밀었다. 반장은 빙그레 웃으며 담배를 건네 주었다. 반장에게서 담배를 건네 받아 불을 붙여 물었다. 기침이 나올 것만 같아 가능하면 삼키지 않으려 애를 썼다. 눈이 매웠다.

단풍나무 가지 사이로 두 줄기의 담배 연기가 모락모락 피어 올랐다.

눈물 흘리는 가로등

단비는 오늘도 공터에서 하루 종일 엄마를 기다린다.

단비 곁에는 순심이가 그림자처럼 붙어 다녔다. 함께 인형의 눈을 달아 주고, 그 인형과 함께 소꿉장난도 하면서 하루해를 보냈다. 가끔은 단비가 바이올린 연주를 들려 주기도 했다. 가로등지기에게 배운 '미친 고양이'를 근사하게 연주할 수 있었다. 순심이 가장 좋아하는 곡이었다. 순심은 그 곡을 들을 때마다 박수를 치며 기뻐했다. 하지만 단비는 기쁘지 않았다. 엄마가 돌아오지 않았으니까. 이제 그만 까꿍, 하고 나와 주었으면 좋겠다.

단비는 공터에 혼자 남아 있다. 해가 뉘엿뉘엿 지고 있건만 단비는 가로등 밑에 쪼그리고 앉아 움직일 줄 모른다.

순심 언니는 순호 오빠의 저녁을 차려 주러 들어갔다. 번개처럼 달려갔다 오겠다더니 번개가 천 번도 넘게 칠 만큼 시간이 지났지만 나오지 않는다. 다시는 '미친 고양이'를 연주해 주지 않을 작정이다.

공터는 가로등이 깨어지기 이전보다 훨씬 깨끗하고 아늑한 분위기로 바뀌었다. 벤치도 새 것으로 놓여져 있었고, 쓰레기 더미도 보이지 않았다. 가로등의 갓도 새 것이고 전구도 훨씬 밝았다.

우리 집 고양이는 미친 고양이!
학교 갔다 돌아오면 멍멍멍!
강아지도 아닌 것이 멍멍멍!

단비는 공기를 하며 들릴 듯 말 듯한 작은 소리로 홍얼홍얼 노래를 부르다 말고 문득 고개를 들었다. 밤이 깊어 가고 있었다. 순심 언니가 왜 안 나오는지 모르겠다. 무섬증이 몰려왔다. 그만 집으로 들어갈까 하다가 조금만 더 기다려 보기로 한다.

무섬증을 떨치기 위해 '미친 고양이' 노래를 주문 외듯이 빠르게 불러 댔다. 황량한 바람이 앙상한 나뭇가지 사이를 빠져 나가며 휘이잉, 소리를 냈다. 단비는 노래를 열 번만 부르고 들어가기로 한다. 마지막 열 번째 노래는 최대한 천천히 불렀다. 노래가 끝났지만 역시 엄마는 나타나지 않았다.

화가 났다. 엄마에게 들려 주기 위해 바이올린 연습도 열심히 했는데…….

케이스에서 바이올린을 꺼내어 바닥에 내동댕이쳤다. 바이올린의 목이 맥없이 똑, 부러져 버렸다.

눈물이 날 것만 같았다.

바로 그 때, 저 쪽에서 인기척이 들려 왔다.

단비는 자기도 모르게 발딱 일어났다. 잘못 들었나, 해서 귀를 쫑긋 기울였다. 사람 발자국 소리가 또렷하게 들려 왔다. 게다가 여자였다. 가슴이 콩닥콩닥 뛰었다.

"엄마?"

"……."

"엄마?"

단비는 다시 한 번 좀더 큰 소리로 불러 보았다. 그 목소리가 젖어 있었다.

"뉘다냐?"

엄마가 아니라 순심 언니의 엄마였다. 단비는 눈물이 그렁그렁 맺힌 눈으로 순심 언니의 엄마를 잡아먹을 듯이 쏘아보았다.

"아그야, 여그서 뭣 하구 있냐."

언니의 엄마는 다정한 목소리로 물었다.

"감기 들라! 들어가자!"

언니의 엄마가 손을 내밀었지만 단비는 뒤춤으로 손을 감추었다. 들어가기 싫으니 상관 말라는 뜻이었다.

"쯧쯧쯧! 모진 인사! 워째 요런 새끼를 두고 달아날 맴이 생기까! 에그 불쌍한 것!"

순호 엄마는 모른 척해야지 해 놓고서 자기도 모르게 혀를 찼다. 아이와 실랑이를 벌이느니 밥이라도 지어서 데려가 먹여야겠다 싶어, 서둘러 집으로 들어갔다.

단비는 가로등 발치에 등을 기댄 채 대문 안으로 사라지는 순심 언니 엄마의 뒷모습을 노려보며 꼼짝 않고 서 있었다. 언니의 엄마가 원망스럽고 미웠다. 엄마가 나타나야 할 자리를 뺏은 것만 같았다.

순심 언니 엄마는 바보야,라고 욕이라도 해 주고 싶었지만, 입을 열면 울음부터 먼저 터져 나올 것 같아 입을 열 수 없었다.

그러나 울음은 이미 목구멍까지 차올라 있었다. 금방이라도 울음이 터져 나올 것만 같았다. 단비는 실룩거리는 입술을 손가락으로 아프도록 호벼 댔다.

눈물이 나오지 않도록 애를 썼으나 어느새 투명한 눈물방울이 두 볼을 타고 흘러내렸다.

입술을 호비고 있던 검지에 미지근한 눈물의 온기가 전해지자 그에 참았던 울음이 터져 나왔다. 단비는 울음소리를 입 속으로 밀어 넣으려는 듯 입술을 앙다물고, 단풍잎 같은 두 손바닥으로 입을 틀어막느라 안간힘을 썼다.

정작 눈물을 흘린 것은 가로등이었다. 갓등에 맺혀 있던 물방울 하나가 아래로 떨어졌다.

그 때, 벤치 뒤에서 재채기 소리가 났다.

단비는 양 볼에 눈물을 매단 채, 소리가 난 벤치 쪽을 돌아보았다.

재채기 인형이 벤치 등받이 위에 올라앉아 있었다. 가로등지기 아저씨는 보이지 않고 재채기 인형 혼자였다.

단비가 방긋 웃었다. 두 볼을 타고 흘러내린 눈물이 가로등 불빛을 받아 반짝였다.

"아저씨는?"

단비가 재채기에게 물었다.

"모르지 뭐, 어디서 얼어 죽었는지……. 그래서 말인데, 나 좀 재워 줄 수 없겠니? 추워서 죽을 것 같거든."

재채기 인형은 춥다는 걸 증명이라도 하듯 호들갑스럽게 바들바들 떨어 댔다.

단비는 벤치 위에 걸터앉아 있던 재채기 인형을 품에 안았다.

"많이 춥니? 방으로 가야겠다. 거기라면 네가 얼어 죽을 걱정은 없어."

단비는 재채기 인형을 품에 품고 서둘러 집으로 향했다.

벤치 뒤에 숨어 있던 가로등지기는 그제야 모습을 드러냈다. 몹시 쓸쓸한 표정이었다. 재채기 인형을 장갑처럼 늘 끼고 있던 오른쪽 손을 들여다보고 있었다.

가로등지기는 벤치에 앉아 가로등을 몽롱한 눈길로 응시했다.

가로등이 깨어지고, 순심이 목을 매는 걸 보았을 때만 해도, 다시는 이 곳에 머물고 싶지 않았다. 할머니가 돌아가신 뒤로 먹을 것을 주는 사람이 없어서만은 아니었다. 무서웠다. 가로등 불이 켜지지 않은 공터는 너무나 무서웠다. 그래서 새로운 곳을 찾아 헤매 보았다. 그러나 이 곳만 한 곳도 없었다. 이 곳을 떠나 먼 곳을 갈 수도 있었으나 무심히 걷다가 정신을 차려 보면 어느새 이 곳이었다. 기껏 간다는 게 도로 건너편 아파트 단지였다. 그러나 마음은 언제나 공팔봉 씨 집 앞 공터에 가 있었다.

오늘도 무심히 걷다가 이 곳으로 오게 되었다. 그런데 이게 웬일인가. 가로등에 불이 켜져 있는 게 아닌가. 주저할 이유가 없었다. 할머니가 안 계시니 예전처럼 배불리 먹지는 못하겠지만, 그건 아무래도 상관 없었다.

그는 벤치 위에 쌓여 있던 먼지를 대강 털어 내고 자리에 누웠다. 춥기는 했으나 집으로 돌아온 것처럼 마음이 놓였다.

똑바로 누운 채 밝게 켜진 가로등을 바라보았다. 눈이 부셨다. 기분이 참 좋았다.

그러나 느티는 우울했다. 단비가 불쌍했으니까.

새벽을 깨우는 소리

"아저씨! 이거요!"

단비는 순심 언니와 손을 잡고 가로등지기 아저씨에게 다가와 재채기 인형을 내밀었다. 가로등지기로부터 가져간 지 꼭 일 주일 만이었다.

가로등지기는 너무나 반가워서 재채기 인형을 덥석 받아 안았다.

"말도 하지 않고 하루 종일 인상만 쓰고 있어요. 아저씨한테 가고 싶어서 그런가 봐요."

단비가 말했다. 그런 단비의 표정이 슬퍼 보였다.

가로등지기는 단비의 표정을 살피며 품에 안았던 재채기 인형을 단비에게 도로 내밀었다.

"싫어! 싫어! 난 단비가 좋아! 아저씨 몸에선 지독한 냄새가 난단 말이야!"

재채기가 투정을 부렸다.

"어!"

순심이 놀라서 눈을 동그랗게 뜨며 단비를 바라보았다.

"재채기가 말을 하네!"

놀라기는 단비도 마찬가지였다.

"난 언제나 말을 했어. 니네들이 못 들었을 뿐이지."

재채기 인형이 쫑알거렸다.

"단비가 나에게 동화책을 읽어 줄 때 웃기도 하고 울기도 하고 그랬는걸. 동화책은 정말 재미있었어."

"하지만, 난 네가 말하는 소리를 못 들었는데?"

단비는 조금 억울하다는 표정이었다.

"그건…… 그건…….."

당황한 재채기가 말을 더듬었다.

"아저씨가 보고 싶었던 거지? 그래서 말하지 않은 거지?"

단비가 재채기를 두둔했다.

"사실……, 너와 함께 있는 게 즐거웠어. 하지만, 난…… 그래, 난 아저씨가 보고 싶었던 것도 사실이야. 난 아저씨를 좋아하거든. 나한텐 엄마 아빠나 마찬가지라고. 냄새가 지독하긴 하지만 말이야."

재채기의 고백에 가로등지기는 어깨를 으쓱하며 이해할 수 없다는 표정을 지어 보였다. 자기는 조금도 보고 싶지 않았다는 듯 고개를 잘래잘래 흔들어 보이기도 했다.

"그랬구나! 이젠 걱정 마, 아저씨랑 함께 지내게 되었으니까."

단비가 말했다.

"나 없이 외롭지 않겠어?"

재채기가 걱정스러운 표정으로 단비를 바라보며 물었다.

"염려 마! 내가 뭐 어린앤가! 동화책 이야기를 듣고 싶으면 언제든지 말해. 읽어 줄 테니까."

단비는 그렇게 말한 뒤, 성큼성큼 걸어서 집으로 들어갔다. 그 뒷모습이 쓸쓸해 보였다. 순심은 단비와 재채기를 사이에 두고, 누구를 따라야 할지 갈등했다.

그런 순심을 가로등지기는 멍하니 바라보았다.

"바보! 인형 눈이나 붙여 주는 여자나 좋아하고!"

재채기 인형이 화가 나서 식식거리며 쫑알거렸다.

"저 여자는 아저씨를 코딱지만큼도 좋아하지 않아. 날 더 좋아한다구. 인형 아줌마! 미안한데요, 나 좋아하지 마세요. 난 아줌마가 싫거든요. 아줌마 인형들도 싫구요."

재채기 인형의 말에 순심은 마음에 상처를 받은 듯 실망하는 표정이 역력했다. 순심은 고개를 떨어뜨린 채 단비를 따라 집으로 돌아갔다.

가로등지기는 그런 순심의 뒷모습을 걱정스러운 듯 바라보았다. 재채기를 주먹으로 마구 패 주려는데,

"아참! 내가 이럴 때가 아니지! 아저씨! 따질 게 있어!"

재채기가 앙칼진 목소리로 대들었다.

가로등지기는 '뭘?' 하는 표정으로 재채기를 바라보았다.

"미친 고양이에서 '미친'의 뜻이 뭐라고 그랬지? 미쳤다는 말은 좋은 뜻이라고 나한테 얘기했잖아. 착하고 사랑스럽고 영리하다는 뜻이랬잖아. 그게 아니더라? 단비가 얘기해 줬어. 어떻게 나한테 그런 거짓말을 할 수가 있어. 미친 건 아저씨야! 거짓말쟁이! 사기꾼! 후크 선장보다 더 나쁜 악당! 악어한테 팔다리를 몽땅 물어뜯길 거야! 단비는 날마다 동화책을 읽어 줬어. 아저씨는 뭐야. 나한테 이상한 노래나 부르게 하고. 아저씨는 변태야. 변태가 무슨 뜻인지 알아? 단비가 그랬어. 아저씨를 처음 보았을 때 변태인 줄 알았대. 아저씨가 입고 있는 그 바바리, 아무나 입는 거 아니랬어. 변태들이나 입는대. 골목에서 갑자기 나타나서 고추를 보여 주는 변태. 아저씨는 변태야."

가로등지기는 더 이상 참을 수 없었는지 재채기를 내동댕이쳤다.

재채기는 땅바닥에 코를 박은 채 움직이지 않았다.

가로등지기는 살며시 다가가서 재채기를 들어올려 먼지를 털고 품에 안았다.

가로등지기의 품으로 들어오자마자 재채기는 다시 쫑알거리기 시작했다.

"내가 왜 미쳤어! 난 멀쩡해, 멀쩡하다구! 다시는 강아지처럼 짖지 않을 거야. 난 미치지 않았어. 야옹! 나는 고양이야! 착하고 사랑스럽고 영리한 고양이! 야옹! 야옹! 야옹……."

재채기의 투정은 하루 종일 이어졌다. 그러나 가로등지기는 행복했다. 정말 행복한 일은 그 다음에 찾아왔다. 순심이 그에게 다가와 어디서 구했는지 신문을 가져다 주었던 것이다. 늘 신문지를 덮고 자는 그에게 주는 선물이었다.

순심은 가로등지기가 자기를 좋아하고 있다는 말을 재채기를 통해 전해 듣고, '나는 아저씨가 싫어요.' 라고 얘기해 주려다가 참았는데, 순심이 그토록 좋아하는 재채기가 자기를 싫어한다는 말에 깊은 슬픔을 맛보고 나서야 가로등지기에게 잘 해 주어야겠다는 생각이 들었다. 자기처럼 슬픔에 빠지게 하고 싶지 않았다. 누군가를 좋아하는데 좋아하는 그 사람으로부터 싫어한다는 소리를 듣는 것만큼 슬픈 일은 없으니까. 그래서 신문지를 선물하기로 했다. 그 신문지로 가로등지기가 학을 만들어 나무에 매달아 주면 좋겠다고 생각하면서. 가로등지기가 만든 학은 근사했다.

가로등지기는 순심이 선물한 신문지를 무슨 보물이라도 되는 양, 꽃향기를 음미하듯 냄새를 맡는 등, 조심히 다뤘다. 그날 해가 저물 때까지도 가로등지기는 감격에 겨워 어쩔 줄 몰라 했다.

가로등지기는 행복했다. 가로등도 켜졌고, 재채기 인형도 돌아왔으니 말이다. 게다가 그토록 좋아하는 순심이로부터 선물까지 받지 않았는가. 다만, 가로등 발치에 쇠사슬로 묶여 있는 자전거가 안쓰러웠다.

가로등지기가 그런 생각을 해서일까, 늦은 저녁, 인기척이 들려 고개를 들어 보니, 순호가 자전거를 살펴보고 있었다.

"안녕, 가출 소년!"

재채기가 아는 척을 했다.

순호는 들은 척도 하지 않았다.

"신문 배달 다시 시작하기로 했나 보지?"

재채기가 물었다.

여전히 묵묵부답이었다.

"쓴맛을 보더니 아예 벙어리가 되셨군. 바보들의 공통점이지. 아저씨랑 어쩜 저렇게 똑같을까."

순호는 순간, 화가 치밀었다. 가로등지기와 자신을 비교하다니.

"부자가 되고 싶다 이거 아니야. 그래, 열심히 해 봐! 사십 년쯤 뒤엔 공팔봉 씨처럼 될 거야. 공팔봉 씨는 운이라도 좋지. 착한 이웃도 있겠다, 돈도 있겠다. 하지만 너에게도 그런 운이 있으려나 모르겠네."

"한 마디만 더 하면 참지 않을 거예요."

순호는 가로등지기를 노려보며 경고했다.

"왜 아저씨한테 그러니, 말은 내가 했는데!"

가로등지기는 재채기의 입을 막으며 안절부절못했다.

"정신병자!"

순호는 작은 소리로 가로등지기를 향해 쏘아붙였다.

"말 다 했어? 우리 아저씨보고 정신병자라고? 참을 수 없어. 덤벼, 덤비라구!"

재채기가 바락바락 대들었다.

순호는 갑자기 가로등지기에게 달려들어 재채기 인형을 낚아채 바닥에 내동댕이쳤다.

"이래도 지껄이게 할 수 있어요? 어디 해 봐요!"

200

"······."

"흥! 그럼 그렇지!"

순호는 가로등지기를 비웃어 주고 나서 공터를 빠져 나가기 위해 걸음을 옮겼다.

"자전거······."

순호는 걸음을 멈추었다.

좀 전에 들린 목소리는 재채기 인형의 것이 아니었다. 낮고 부드러운 남자의 목소리, 가로등지기의 목소리였다.

"자전거가 달리고 싶대!"

귀를 기울이고 듣지 않으면 잘 들리지 않을 만큼 작고 낮은 소리였지만, 분명 가로등지기의 목소리였다.

순호는 그 목소리를 듣는 순간, 가슴 속에 뭉쳐 있던 무언가가 사르르 녹아 내리는 듯한 느낌이었다. 아니, 뻥 뚫려 있던 가슴이 따뜻한 무언가로 가득 채워지는 것 같았다.

요 며칠 앓아 누워서 환청에 시달리곤 했는데, 또다시 환청이 들리는 게 아닌가, 의심스럽기도 했다.

"잉잉잉! 아저씨, 저놈 좀 패 줘! 가출 소년 주제에 날 던졌어!"

믿을 수 없었다. 땅바닥에 패대기쳐져 있던 인형이 말을 했던 것이다.

"또 한번 던져 보시지! 너브대 잠충이!"

잠충이라는 별명을 듣는 순간, 순호는 화가 나기는커녕 어이없게도 피식 웃음이 나왔다. 그 웃음을 보고 가로등지기가 활짝 웃어 보였다. 순호는 곧 오만상을 찌푸렸다. 애먼 자전거 페달을 걷어찼다.

그 때였다.

"자전거가 너랑 씽씽 달리고 싶대!"

가로등지기가 또 이상한 말을 했다.

순호는 자전거를 바라보았다.

'나 달리고 싶어!' 자전거가 불쑥 말을 하는 건 아닌가 싶어 두려웠다. 인형이 말을 하는데, 자전거라고 말을 못할 리가 없지 않은가. 그러나 자전거는 말을 하지 않았다. 그러나 왠지 그 표정이 슬퍼 보였다. 가로등지기의 말을 들어서였을까, 달리고 싶다고 말하는 듯했다.

내다 팔 생각이었다. 그래서 마지막으로 한번 훑어보려고, 누가 훔쳐 가지는 않았는지, 부속이 망가지지는 않았는지 확인해 보려고 나와 봤던 것이다. 자전거를 팔아 오락이나 실컷 할 생각이었다.

순호는 공터를 빠져 나오다가 되돌아가서 인형을 주워, 가로등지기에게 건네 주었다.

"다 필요 없어! 날 지켜 주지도 못하면서 무슨 주인이라고! 차라리 너브대 잠충이한테 갈 거야!"

재채기가 가로등지기에게 눈을 흘기며 종알거렸다.

"어떻게 알았지, 내 별명?"

순호는 가로등지기가 아닌 인형의 눈을 보며 물었다.

"세상이 다 아는 걸 왜 나라고 모르겠어."

재채기의 대답에 순호는 픽, 하고 웃어 버렸다. 인형에게 말을 건 자신이 어이없기도 했거니와 인형의 당돌한 대답에 웃지 않을 수 없었던 것이다.

"너도 이름 있냐?"

왜 그랬을까, 순호는 자기도 모르게 인형에게 이름을 물었다.

"그걸 말이라고 해! 내 이름은 에취! 재채기야! 나는 기분이 좋을 때마다 재채기를 해. 그런데, 왜 내가 지금 재채기를 했지? 미쳤나 봐!"

"너브대 수다쟁이!"

순호가 말했다.

"뭐, 뭐라구?"

재채기가 앙칼진 목소리로 물었다.

"너브대 수다쟁이라고! 넌 너무 말이 많아."

순호의 말이었다.

"벙어리처럼 입을 다물고 있는 것보다야 수다쟁이가 훨씬 나아."

재채기가 발끈했다.

"너브대 수다쟁이! 너한테 정말 딱 어울리는 별명이구나! 앞으로 널 그렇게 불러야겠어."

이번에는 가로등지기가 말문을 열었다.

"아저씨까지 이러기야! 나 말 안 해. 죽어도 말 안 해. 내가 다시 말을 하면 미친 고양이야. 나한테 말 시키지 마. 대꾸 안 할 테니까. 말을 시켰단 봐라. 누구든 코를 앙, 깨물어 줄 테니까. 앞으로 코에 이빨 자국이 있는 사람은 나한테 말을 건 사람일 거야. 아니야, 코를 깨무는 건 좀 지저분한 것 같다. 어디를 깨물어 줄까. 귀? 그건 싫어. 내가 권투 선수도 아니고 왜 귀를 깨물겠어. 그래, 생각났다. 입술! 입술을 깨물어 줄 테야."

가로등지기가 순호에게 씨익, 웃어 보였다. 순호는 인상을 찌푸리며 고개를 돌렸다. 자꾸 웃음이 나오려고 해서 난감했다.

재채기의 수다는 끝이 없었다. 그 수다를 뒤로 하고 순호는 집으로 들어갔다.

너브대의 밤은 깊어만 갔다.

가로등지기는 벤치 위에 잠자리를 만들었다. 순심에게 받은 신문을 가슴에 품고서 하늘을 올려다보았다. 가로등이 따뜻한 불빛을 발하며 그를 내려다보고 있었다.

문득, 늘 서서 자는 나무가 조금 불쌍했다. 그리고 미안했다.

'나무야, 나무야! 서서 자는 나무야! 나무야, 나무야! 다리 아프지? 나무야, 나무야! 누워서 자거라!'

동요가 떠올랐다.

"근심 많은 나무야! 이제 그만 누워 자렴!"

가로등지기는 나무에게 말한 뒤, 눈을 감았다.

그러나 좀처럼 잠이 오지 않았다. 아니, 잠을 자고 싶지 않았다. 잠이 들면, 오늘 있었던 모든 일이 꿈으로 변해 버려, 다음날 아침 몹시 허탈할까 봐 두려웠다.

그러나 어느새 자신도 모르게 잠 속으로 빠져들고 말았다.

늦은 밤, 순호 아버지가 공터 안으로 걸어 들어왔다.

"아구구, 죽겠는 거! 온 삭신이 쑤시네 그랴!"

순호 아버지는 벤치에 엉덩이를 걸치고서 담배를 태워 물고 한 모금 깊이 빨아들였다.

"숨 막혀 죽겠어요. 저리 좀 비켜요."

재채기가 쫑알거렸다.

"아따미, 간 떨어지겠네."

205

순호 아버지는 화들짝 놀라며 벤치에 잠들어 있는 가로등지기를 내려다보았다. 가로등지기가 순호 아버지를 향해 싱긋 웃어 보였다.

"댁이 그랬소?"

순호 아버지가 묻자 가로등지기가 고개를 끄덕였다.

"목소리가 참말로 거시기 하요. 듣기가 쪼까, 쪼까가 아니라 참말로 거시기 하구마. 하여간에 미안하게 되았소. 귀탱이 쪼까 빌려 주씨오. 댐배 한 대 후딱 피고 들어갈랑게."

가로등지기는 대답 대신, 안쪽으로 바짝 붙어 누웠다.

저 멀리 터무니없이 아름다운 나뭇잎 한 개가 공중으로 날아오르고 있었다. 담배 맛이 참 좋았다. 이만하면 살 만하지 뭘 더 바라랴 싶었다. 순호 아버지는 흡족한 표정으로 하늘을 향해 담배 연기를 내뿜었다. 발치를 내려다보고 있는 느티가 시야에 들어왔다.

"암만 봐두 요것이 보통 물건이 아닌 것 같어. 영물스럽단 말시. 삼신 할매 같기도 허구, 부처님 같기두 허구, 야수님(예수님) 같기두 허구……. 워디 한번……. 흠흠! 머시냐 거시기, 다시는 노름질허지 않두룩 힘 좀 써 주셨으면 좋겄는디, 될랑가 모르겠네유!"

순호 아버지는 그렇게 말하고 일어서서 발걸음을 옮기려다 말고 덧붙여 말했다.

"말 나온 짐에 한 가지만 더 부탁 디리겠습니다. 거시기, 오랜만에 마누라쟁이허구 밤새도록 야그 꽃이나 피울랑게, 눈이나 함박지게 내려 주셨으면 쓰겠구먼유!"

순호 아버지는 그래 놓고 멋쩍은지,

"누가 들으면 정신 나간 놈인 줄 알겠네, 허허!"

웃으며 농부가 밭 갈고 힘들었을 소 등을 토닥이듯 느티를 토닥여 주고, 집 안으로 들어갔다.

너브대는 평화롭고 조용한 밤을 맞이하고 있었다.

새벽녘, 가로등지기는 자다 말고 콧등을 문질렀다. 콧등 위로 차가운 무언가가 떨어졌던 것이다. 잠결에 순호가 자전거를 타고 가는 모습을 어렴풋이 보았다. 꿈이었는지도 모르겠다. 다시 잠이 들었다. 이어 다시 꿈을 꾸었다. 욕쟁이 할멈의 꿈이었다. 꿈 속에서도 욕쟁이 할멈은 동네를 향해, 아니 세상을 향해 괴성을 질러 댔다.

"누꼬오오오! 으떤 문딩이가 여기다 쓰레기를 버렸노! 누꼬오 말이다, 당장 나오니라아아!"

꿈 속이었지만 반가웠다. 반가웠지만 시끄러웠다. 가로등지기는 너무나 생생한 꿈에 놀라 눈을 뜨지 않을 수 없었다. 욕쟁이 할멈의 목소리는 바로 옆에서 들리는 것처럼 생생했다.

눈을 떴을 때, 두 가지의 믿을 수 없는 광경 때문에 입을 다물 수 없었다. 한 가지는 밤새 눈이 내려 온 세상이 하얗게 변했다는 것이고, 나머지 하나는 공팔봉 씨가 동네를 향해 욕설을 퍼붓고 있었다.

눈을 비비고 다시 보았다. 세상에! 공팔봉 씨가 확실했다.

"내가 못 살아, 못 살아! 시끄러워 못 살겠어! 욕쟁이 할머니가 없으니까 조용해서 살 것 같더니, 이번에는 그 아들이네."

재채기가 쫑알거렸다.

한참 동안 동네를 향해 욕설을 퍼부어 대던 공팔봉 씨가 너브대의 길을 쓸기 시작했다.

"아저씨, 노망도 유전인가 봐, 그치? 그런데 아저씨…… 울어? 우는 거야? 왜? 어째서?"

재채기는 더 이상 쫑알거릴 수가 없었다. 가로등지기가 꼬옥, 안아 주었기 때문에.

"눈이 내리잖아. 그리고 눈을 쓸어 주는 사람이 있잖아."

가로등지기가 빙그레 웃으며 말했다.

그 때, 공팔봉 씨가 쓸어 놓은 너브대의 길 위로 자전거 바퀴가 또 하나의 작은 길을 만들며 이 쪽으로 달려오고 있었다. 순호의 자전거였다.

그러고 보니, 느티 발치에 묶여 있어야 할 자전거가 보이지 않았다. 쇠사슬도 보이지 않았다.

　순호의 자전거는 길 위에 또렷한 자국을 남기며 앞으로 나아갔다. 그 작은 길 위로 아침 햇살이 내려와 쌓였다.

　그 날은 여느 날과 별다를 것도 없었다. 평범한 아침이었으니까.

　느티는 여전히 아프다. 썩어 가는 몸이 아프다. 그러나 참을 만하다. 몸이 아픈 것은 마음이 아픈 것보다 견딜 만하다.

　느티는 그 날, 기분이 참 좋았다!

느티는 아프다

느티야, 이제 그만 아프렴!

절집의 처마에는 풍경이라는 물건이 달려 있습니다.

그놈을 볼 때마다 궁금했습니다. 그 쓸모는 무얼까 하고 말이에요.

지금 당장 절집의 처마에서 풍경을 떼어 낸다면 어떤 일이 일어날까요? 절집이 무너지기라도 할까요?

아마, 아무 일도 일어나지 않을 것입니다.

그렇다면 풍경은 왜, 거기, 그렇게 매달려 있는 것일까요?

별 쓸모도 없으면서 말이에요.

하도 궁금해서 스님 몇 분께 여쭤 본 적이 있습니다.

한 스님은 "글쎄요! 저걸 왜 저기다 매달아 놓았을까요?" 되묻더니 잠시 후 무릎을 탁 치시며 "옳거니! 도둑놈이 절집 지붕을 훔쳐 가려 할 때, 풍경에게 소리를 내게 해서 훔쳐 가지 못하게 하려고 매달아 놓은 게야!" 하십니다. 자못 진지하게 말씀을 하셨는데요, 제 귀에는 우스갯소리로 들렸습니다. 그래서 피식, 웃고 말았지요. 그리고 풍경이란 '별 쓸모가 없는 물건' 이라고 마음대로 결론을 내려 버렸습니다.

그러던 어느 무더운 여름 날, 절집에 갔다가 문득 풍경의 쓸모를 깨달았습니다.

바람 한 점 불지 않는데, 풍경이 땡그랑 소리를 냈습니다.

그 소리는 절집의 고요를 깨뜨리기는커녕 더욱 깊게 했습니다.

아주 작은 소리였지만, 가슴을 크게 울렸습니다.

『느티는 아프다』에 등장하는 느티나무는 절집의 풍경과 같은 존재입니다.

200년 동안, 있는 듯 없는 듯 그 자리를 지키고 서서, 온갖 풍상을 다 겪었지만, 이제는 더 이상 버틸 힘이 없습니다. 가로등 노릇이나 하며 겨우 버티고 서 있을 뿐입니다.

그럼에도 불구하고 득남을 소원하는 노망든 할멈, 기억을 상실하고 떠도는 부랑자, 인형의 눈을 달아 주며 살아가는 백치, 돈밖에 모르는 구두쇠, 한탕을 꿈꾸는 노름꾼, 종말을 외치는 전도사, 가출해 버린 엄마를 기다리는 소녀 등 여러 사람들이 느티나무로부터 많은 위로를 받습니다.

그러나 그들 중 그 누구도 느티나무에게 고맙다 말하는 사람은 없습니다. 그러거나 말거나 느티나무는 그들을 조용히 내려다보며 명상에 잠겨 있을 뿐입니다.

느티와 가장 닮은 사람이 있다면, 가로등지기입니다.

그는 쓸모 없는 사람이 아닙니다. 예수님과 부처님을 가장 많이 닮은 사람이지요. 그는 본능적으로 사랑을 베풉니다.

느티나무를 지켜 주고, 순호의 자전거를 지켜 주고, 순심과 단비에게 노래를 가르쳐 주고, 엄마를 기다리는 단비에게 재채기 인형을 선물하고, 가출을 한 순호에게 먹을 것을 구해 주고, 또 집으로 돌아가게 도와 줍니다.

가로등지기는 죽어 가는 느티나무의 발치를 밝힙니다. 죽어 가는 느티나무의 발치를 밝히는 일은 참으로 사소하고도 하찮은 일입니다. 그러나 가로등의 흐린 불빛은 결코 희미하지만은 않습니다.

너브대 마을 사람들의 넋두리를 들어 주는가 하면, 기도를 들어 주기도 하고, 화풀이 대상이 되기도 하면서 큰 사랑을 베푸니까요.

또 한 사람, 순심이라는 인물이 있습니다.

농약을 잘못 먹고 백치가 된 소녀이지요. 성한 사람이라면 누구나 '불쌍하다, 나라면 차라리 죽고 말겠어. 저렇게 사는 게 무슨 의미가 있을까, 신은 왜 별 쓸모도 없는 사람을 있게 했을까.' 하고 한 번쯤 생각할지도 모르겠습니다.

그러나 소녀는 깊은 사랑을 몸으로 실천하며 살아가는 사람입니다. 싸구려 인형에게 눈을 달아 주는 것은 소녀가 할 수 있는 가장 큰 사랑입니다.

그가 베풀 수 있는 사랑이란 참으로 하찮기 그지없습니다. 보기에 따라서는 바보스러운 짓으로밖에 보이지 않을 수도 있습니다.

가로등지기의 분신, 재채기 인형은 또 어떻고요. 수다쟁이 재채기 인형은 사랑스러운 광대입니다. 바보스럽지만 다른 사람을 기쁘게 해 줍니다. 그것은 사랑의 다른 이름이지요.

사랑, 사랑이 없으면 우리는 아무것도 아닙니다.

순호가 방황하면서 깨닫게 된 것도 바로 그것일 테지요.(제발 그래라!)

죽어 가는 느티나무는 다분히 예수와 부처를 닮았습니다.

사실, 느티나무는 아무것도 한 일이 없습니다. 기적을 행한 적도 없지요. 그러나 사람들은 그곳에서 위안과 꿈과 희망을 얻게 됩니다.

느티나무가 하루 빨리 건강해지기를 바랍니다.

느티야, 이제 그만 아프렴!

2006년 봄
이 용 포

※ 이 작품은 1998년 농민신문 신춘문예 중편소설 부문 당선작 「성자 가로등」을 개작한 것임을 밝힙니다. 심사를 해 주시고 격려를 아끼지 않으셨던 故 이문구 선생님의 영전에 이 작품을 올립니다.

한국문화예술위원회 · 한국도서관협회 선정 〈우수문학도서〉, 함께 읽어 보세요!

이 용 포

1966년 강원도 평창에서 태어나 한양대학교 국어국문학과를 졸업했다. 1990년 '문학과 비평' 신인상 시 부문과 '5월 문학상' 단편소설 부문에 각각 당선되어 문단에 데뷔했다. 2005년 '푸른문학상'을 수상하며 본격적으로 동화와 청소년 소설을 쓰기 시작했으며, 2007년 '올해의 작가상'을 수상했다. 지은 책으로 『느티는 아프다』, 『태진아 팬클럽 회장님』, 『뚜깐뎐』 등이 있다.

푸른도서관은 10대에서 20대까지 눈부신 성장을 거듭하는 푸른 세대를 위한 본격 문학 시리즈입니다.

＊〈푸른도서관〉 시리즈는 계속 나옵니다!